O Armazém do Sol

O Armazém do Sol

Copyright © 2023 Faria e Silva.

Faria e Silva é uma empresa do Grupo Editorial Alta Books (STARLIN ALTA EDITORA E CONSULTORIA LTDA).

Copyright © 2021 João Anzanello Carrascoza.

ISBN: 978-65-6025-039-0

Impresso no Brasil — 1ª Edição, 2023 — Edição revisada conforme o Acordo Ortográfico da Língua Portuguesa de 2009.

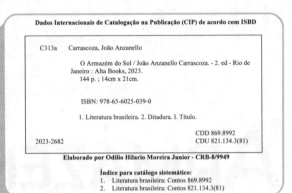

Dados Internacionais de Catalogação na Publicação (CIP) de acordo com ISBD

C313a Carrascoza, João Anzanello

O Armazém do Sol / João Anzanello Carrascoza. - 2. ed - Rio de Janeiro : Alta Books, 2023.
144 p. ; 14cm x 21cm.

ISBN: 978-65-6025-039-0

1. Literatura brasileira. 2. Ditadura. I. Título.

2023-2682

CDD 869.8992
CDU 821.134.3(81)

Elaborado por Odilio Hilario Moreira Junior - CRB-8/9949

Índice para catálogo sistemático:
1. Literatura brasileira: Contos 869.8992
2. Literatura brasileira: Contos 821.134.3(81)

Todos os direitos estão reservados e protegidos por Lei. Nenhuma parte deste livro, sem autorização prévia por escrito da editora, poderá ser reproduzida ou transmitida.

A violação dos Direitos Autorais é crime estabelecido na Lei n° 9.610/98 e com punição de acordo com o artigo 184 do Código Penal.

O conteúdo desta obra fora formulado exclusivamente pelo(s) autor(es).

Marcas Registradas: Todos os termos mencionados e reconhecidos como Marca Registrada e/ou Comercial são de responsabilidade de seus proprietários. A editora informa não estar associada a nenhum produto e/ou fornecedor apresentado no livro.

Material de apoio e erratas: Se parte integrante da obra e/ou por real necessidade, no site da editora o leitor encontrará os materiais de apoio (download), errata e/ou quaisquer outros conteúdos aplicáveis à obra. Acesse o site www.altabooks.com.br e procure pelo título do livro desejado para ter acesso ao conteúdo..

Suporte Técnico: A obra é comercializada na forma em que está, sem direito a suporte técnico ou orientação pessoal/exclusiva ao leitor.

A editora não se responsabiliza pela manutenção, atualização e idioma dos sites, programas, materiais complementares ou similares referidos pelos autores nesta obra.

Faria e Silva é uma Editora do Grupo Editorial Alta Books

Produção Editorial: Grupo Editorial Alta Books
Diretor Editorial: Anderson Vieira
Editor da Obra: Rodrigo Faria e Silva
Vendas Governamentais: Cristiane Mutüs
Gerência Comercial: Claudio Lima
Gerência Marketing: Andréa Guatiello

Assistente Editorial: Milena Soares
Preparação: Diogo Medeiros
Revisão: Carol Costa e Silva
Projeto gráfico: Estúdio Castellani
Diagramação: Estúdio Castellani
Capa: Beatriz Frohe

Rua Viúva Cláudio, 291 — Bairro Industrial do Jacaré
CEP: 20.970-031 — Rio de Janeiro (RJ)
Tels.: (21) 3278-8069 / 3278-8419
www.altabooks.com.br — altabooks@altabooks.com.br
Ouvidoria: ouvidoria@altabooks.com.br

Editora afiliada à:

JOÃO ANZANELLO
CARRASCOZA

O ARMAZÉM DO SOL

Rio de Janeiro, 2023

Para Maria,
minha mãe,
e Maria,
minha filha.

Fôssemos infinitos
Tudo mudaria
Como somos finitos
Muito permanece.

Bertolt Brecht

O ARMAZÉM DO SOL

PRINCÍPIO

Nos doze meses daquele ano, descobri que os momentos sombrios e cintilantes estavam se misturando em mim de um jeito que me preparava para, dali em diante, me abater ou me alegrar só o necessário, pouco importaria a quantidade de uns a superar a dos outros. Aquele ano foi, aquele ano é, e segue sendo, o tempo em que as profundezas do horizonte e os altos abismos começaram a se confundir em meus olhos. Tempo em que as cifras das tormentas e a dos encantos se elevaram simultaneamente, serpenteando, como labaredas em espiral. Tempo em que o anjo da guarda que eu acreditava me proteger, e para quem eu rezava com fervor, deu lugar às minhas próprias asas, frágeis e incapazes de produzir milagres, abertas para as aflições mundanas e fechadas para os poderes celestiais. Tempo em que a noção de entropia eclodiu, dolorosamente, em minha consciência.

Eu sabia que os sonhos eram perecíveis tanto quanto o meu mundo de menino, mas só então me dei conta que, para além dos sonhos, a vida se degradava justamente por ser fruída, os pesares estavam sempre escondidos, aguardando a hora de sugar a alegria. Me dei conta de que o preço de nadar no açude, entre os peixes e os girinos, e gritar de felicidade, quase a me arrebentar de prazer por estar ali com meus amigos (Caio, Guto, Marinho) naquelas tardes de verão, o preço era nunca mais poder nadar de novo no açude, entre os peixes e os girinos, e gritar de felicidade, quase a me arrebentar de prazer por estar ali com meus amigos (Caio, Guto, Marinho) naquelas tardes de verão – e o troco, consolador, era tão somente poder abrir, vez por outra, no futuro, a torneira gotejante da memória.

Antes, eu vivia contagiado pela inocência, não tinha aptidão para perceber as metamorfoses íntimas e as alheias senão quando já haviam acontecido. Maravilhava-me com os flamboaiãs em floração na rua principal da nossa cidade, esquecido de que, um dia, também seriam madeira seca para fogueira das festas juninas. Não ignorava a ruína das casas (de tudo ao redor), mas a minha vista só aceitava, por miopia, o seu estado final, não estava treinada para notar a sua lenta degradação.

Eu habitava o distrito da infância, onde era direito da esperança me fazer de devoto, mas, naquele ano, comecei a exercer a prática da suspeição, sentindo que reduzia a distância entre a fronteira do verde e a do maduro – e, então, eu a atravessei, conhecendo profundamente aquelas duas irmãs: a coragem e a covardia.

Foi o tempo em que me convenci de que herdamos de nossos pais, e de nós mesmos, da criança que fomos, as penas, e também as fantasias, as aspirações inúteis e, igualmente, os desalentos produtivos.

Não supunha que sentiria o peso da atenção, e o consequente aperto da saudade, ao escutar o som de uma moto esticando a marcha, Greco saindo de casa, o motor de uma velha Kombi tossindo, que anunciava as recém-nascidas manhãs, ou ao ver um rolo de pintar paredes esquecido a um canto da garagem, a falta do meu pai. O pão e o leite não seriam mais para mim o pão e o leite, mas circuitos de compreensão da escrita real da vida. Escrita feita de fiapos de nuvens stratus, hastes pontiagudas de notícias que me feriram e jamais se regeneraram, correnteza de perguntas prestes a se arrebentar no vazio. Tudo se intensificaria naqueles meses para o depois e, do depois para o agora, que a todo instante se renova em outro, deletério agora.

Vieram misturados, num roldão, pesares e regozijos, adeuses e boas vindas, tumultos e epifanias. Meu pai dizia, *Tente!*, minha mãe, *Levanta, filho!*, os meus amigos, *Vamos!*, Greco, *Não procure explicação, viva!*, Maria me perguntava, *Que país você gostaria de conhecer?*, meu avô dizia, *Quanto mais amor, menos precisamos falar*, os gêmeos, no espaço doméstico e seguro, *Perigo, Perigo*, Adão cantava seu maior hit, *Bate outra vez a esperança no meu coração*, o pai do Guto dizia, com tanto gosto que dava vontade de copiá-lo, *Submundo!*, Tereza dizia, *Nossas almas vão se unir aos nossos corpos e nunca mais morreremos*, mas as coisas, todas, só me diziam o que sabiam dizer, *Estamos aqui e vamos, vamos vivendo.*

Em meio às vozes e ao silêncio daquela época, não apenas troquei de pele, mas de corpo, e não só de corpo, troquei de alma, substituindo-a por uma nova, agradecida à anterior, velha e violentada por muitas (seguidas) dores, mas também impelida por paixões inéditas que, se não venceriam o fastio, mantinham abertos os poros pelos quais passava, estreita mas intensamente, a milenar razão (humana) de viver.

Minha mãe adorava, mais como diversão fictícia do que possibilidade real, ler as previsões do horóscopo chinês e, sobretudo, qual bicho regia o período em que vivíamos – naquele ano foi o Cão. Já Greco preferia conferir o zodíaco clássico, *Saímos de Marte; Estamos sob o jugo de Sol; Ano que vem será Vênus.* Eu nem imaginava a diferença, e suas influências em nossa vida (haveria alguma?), entre Marte, Sol, Vênus e demais astros, nem entre Cão, Macaco, Tigre e outros animais. Tampouco me motivei a procurar esclarecimentos. Para quem eu era, um menino no fundo do país, foi, contudo, o tempo em que a verdade, palavra-galáxia, com seu exército relativo e suas forças fixas, começou a me colonizar. A verdade, com o bem e o mal em seu bojo, em constante e fortuita fusão.

UNTAR

Era janeiro e foi o primeiro *ah!* Eu estava na cozinha com minha mãe – a companhia dela me apaziguava, fosse onde fosse, a qualquer hora, às vezes era tudo o que eu queria, como quando na escuridão de meu quarto ela me dava a mão, com a qual parecia ler nas linhas da minha a escrita que o dia deixara em mim, ela me dava a mão e a sua palma me dizia, *Você não está sozinho*, e eu não via senão o contorno do seu vulto inclinado, o seu rosto indefinido – que a luz da manhã, tão logo ela me acordava sussurrando, *Levanta, filho!*, devolveria, um a um, os traços daquele rosto que eu amava.

Minha mãe, eu nem precisava vê-la, bastava saber – e o meu coração tinha herdado dela esse dispositivo para aferir – que ela estava pela casa, no quintal ou na varanda, para que o meu corpo se tornasse um mudo (e poderoso) campo de força. A tranquilidade nos enlaçava com uma linha sem fim. À janela do meu quarto, aberta para o novo dia, nós dois contemplávamos o casario até o ponto mais alto da rua, onde a Igreja Matriz se erguia, humilde, mas, àquela época, imponente para os meus olhos despovoados das grandes paisagens que eu haveria de ver no meu depois.

Nessas ocasiões, tantas do nosso cotidiano, a vida era o que era, e nós dois, eu e minha mãe, obedecíamos ao desejo oculto e involuntário de senti-la sempre e sã, na ânsia única de desfrutá-la – a vida só sendo, como se não, como se nunca...

Estava na cozinha aquela tarde, não para fugir da solidão, mas para recolher, como uma corda, a distância que nos separava dentro de casa e para vê-la fazer o bolo de fubá que ela me prometera. Antes, deitado na cama do meu quarto, eu lia um livro de aventura e, por vezes, para ver em pensamento as cenas nele descritas, desviava o olhar para as paredes onde o desenho da tinta velha descascando misturava-se às marcas de bola que eu mesmo fizera. Ouvi o abre-e-fecha de portas do guarda-comida e o barulho metálico de panelas, e concluí que ela estava em ação.

Fui ao seu encontro, arrastando o silêncio comigo como meu brinquedo preferido e que havia tempo eu abandonara, o caminhão Scania preso por um barbante, e a peguei subindo numa cadeira para alcançar a batedeira e a tigela de louça na qual prepararia a massa. Achei que o meu passo sorrateiro a surpreenderia, e, ao se virar e me ver ali, materializado do nada, ela diria, *Que susto!*, mas, como se não existisse para uma mãe o filho não estar com ela, mesmo se o filho estivesse num remoto continente, a anos-luz de distância, e fosse natural ela se deparar, de repente, com ele aos seus pés, não feito uma sombra, e, sim, um raio de sua modesta luz, minha mãe disse, *Ah, você! O que está fazendo aí?* Eu estava lá por ela, mas não disse, respondi apenas,

Vim te ajudar a fazer o bolo, e ela, *Muito bem,* e sorriu, *Tem gente que só ajuda a comer,* e sorriu novamente, *Você chegou na hora, eu ia começar...* Eu já a tinha ajudado a fazer bolo noutras tardes, além de doces e mesmo a comida do almoço e do jantar, mas daquela vez seria diferente – eu ainda estava naquele presente, não tinha subido para pegar o meu futuro, como minha mãe a batedeira. Seria diferente, porque sempre é, nunca um minuto vivido corresponde a um minuto que se vive ou a um minuto a ser vivido. Porque enquanto minha mãe misturava na farinha de trigo o fubá, o óleo, os ovos, conversamos sobre coisas comuns, com palavras apropriadas para aquela hora, com olhares e calares únicos. Mas seria diferente, sobretudo, porque quando acabou de bater a massa e o forno já estava aceso, ela lavou as mãos e disse, *Tenho de untar a assadeira* – e era a primeira vez que eu ouvia esse verbo.

Antes que eu perguntasse, *O que é untar?*, a palavra me estalava na boca, e eu a repetia baixinho, para confirmar se a pronunciava corretamente, *Untar, untar;* minha mãe despejou no centro da assadeira uma colher de manteiga e espalhou com a ponta dos dedos o fundo e as laterais, salpicando por fim a farinha de trigo. Então, untar era aquilo? Curioso, eu perguntei, *Pra que untar a assadeira, mãe?*, e enfatizei o untar, como se essa palavra fosse frequente no meu vocabulário, e, ao escutá-la, vinda de minha própria voz, me dei conta que untar era quase igual a juntar. *É pro bolo não grudar no fundo da forma*, ela respondeu e continuou,

Sem untar, ele despedaça quando a gente retira e passa pra bandeja. Untar, untar, eu repetia para mim. Tão parecido com juntar. No entanto, muitos anos depois fui compreender que, apesar de quase iguais, esses verbos iam em direções opostas: untar, para não grudar; juntar, para, no seu extremo, grudar.

Minha mãe derramou devagar a massa da tigela na assadeira, cuidando para preenchê-la de maneira uniforme. Eu gostava de vê-la se movimentar de perto, seus gestos pareciam uma dança lenta, lenta, tão lenta que me hipnotizava, e só me devolvia a mim se eu a mirasse com firmeza e pensasse no que ela era, na palavra que vinha, simples mas sagrada, aos meus lábios: *Mãe*. Ela disse, *Pronto, agora é só pôr no forno e esperar*. E passou a dar fim aos vestígios daquele seu fazer, lavando a louça e guardando na despensa a farinha de trigo, o açúcar, o fermento e tudo o que não ia mais usar.

Fui para o quintal, e ali o tempo me pegava pela mão tão levemente que eu até me esquecia dele, ficava a fazer as mesmas coisas – procurava na jabuticabeira florida a fruta na sua primeira forma, miúda, quase um nada de se perceber, pegava seixos para atirar no céu, como se pudesse com a força do meu braço atingi-lo, deixava meu pensamento se perder no levitar dos lençóis brancos ao vento no varal –, as mesmas coisas, mas com renovado prazer, ali eu me sentia livre, apesar do muro. Quintais e meninos, em qualquer fundo do mundo, eram como nuvens e céus: existiam uns para os outros.

Quando o aroma do bolo assado se tornou intenso, voltei à cozinha, minha mãe já havia retirado a assadeira do forno. Cheguei no momento em que ela a virava do lado contrário sobre uma travessa – e, então, batendo com os nós dos dedos no metal, como um chamamento, eis que, levantando a forma, o bolo saiu todo de lá, por inteiro, e se manteve perfeito, desprendido, exibindo-se para nós dois. *Está vendo?*, minha mãe disse, *Não falei? Entendeu agora por que é importante untar?* Fiz sim com a cabeça, puxei um dos banquinhos da cozinha e me sentei. Fiquei olhando o bolo e, *ah!*, pensando em quanta coisa a gente precisava untar para que, mais adiante, realizadas plenamente, não se despedaçassem em nossas mãos.

REVELAÇÃO

Não muito depois, outro episódio saiu da forma do tempo para modificar a minha vida. Como sempre, minha mãe me acordou com um beijo no rosto, mas suas palavras de costume, sussurradas no meu ouvido, *Levanta, filho!*, vieram puxando outras, *Seus amigos estão aí!*. Então, ao contrário de todas as manhãs, em que eu abria os olhos para ver a sua silhueta na penumbra do meu quarto, e, aos poucos, ganhar seus contornos suaves como um retrato no líquido revelador, mantive-os fechados, como se pudesse frear o sentimento ambíguo que comigo também despertava. Eu estava com um pé no medo, outro na valentia – era preciso sincronizá-los o mais rápido e pisar no chão, resoluto, como um homem.

Movi bruscamente o meu tronco e disse, *Já vou*, ao que minha mãe, em retirada, respondeu, *Vou avisar seus amigos, parece que estão com pressa*, e perguntou, atirando-me direto na realidade que eu evitava, *Onde vocês vão?* Como não sabia se Guto e Caio tinham dito algo a ela – mas não a verdade, com certeza! –, respondi, *Não sei, vamos ver,* e me ergui, fui ao banheiro a fim de escapar de novas perguntas, não queria mentir de imediato para minha mãe, mais tarde naquele mesmo dia eu teria de fazê-lo. Urgia evitar um desacerto com ela, já bastava aquele dentro de mim, provisoriamente esquecido e reavivado pelo meu despertar, o milagre do sono produzia sempre o adiamento da dor e do prazer (eu já conhecia a escala do desejo, embora soubesse que não passara de seus primeiros degraus).

Depois de lavar o rosto e escovar os dentes, voltei ao quarto para me vestir. Abri a janela e, pondo a cabeça para fora, pude ver Guto e Caio sentados nas cadeiras da varanda, em silêncio, movendo as pernas, impacientes; talvez estivessem pensando no rito que viveríamos dali a pouco, cada um a desenhá-lo em seu geral e nos detalhes, mas – sabíamos – a sua concretização jamais corresponderia àquela que imaginávamos, de outra natureza era a régua que media os fatos reais.

Enquanto eu engolia o café da manhã na cozinha, os dois permaneceram na varanda, e, se a princípio eu discordara da atitude deles, depois a julguei acertada – afastar-se das pessoas, e de suas conversas, era a forma ideal de preparação. O momento vindouro exigia que nos concentrássemos. *Convidei seus amigos pra entrar*, minha mãe disse, atenta aos meus gestos, *mas preferiram ficar lá fora*. Se ela não percebera a inquietude deles, devia ter notado ao menos que lhes faltava a natural euforia. Contudo, havia uma euforia, de outro gênero, que só eu e eles podíamos reconhecer.

Tínhamos combinado em sigilo, os três e mais o Nim, aquele "programa". E uma vez feito o pacto, mesmo entre nós, meninos, era impossível retroceder. Não havia perdão para os fracos de primeira (ou de última) hora. Era, eu intuía, uma iniciação, ainda que, paradoxalmente, pela via do fim. O fim de um animal. Um animal grande. Um boi. *Até ontem*, o Guto disse, logo que saímos de minha casa e seguimos para a Vila Cláudia, nos fundos da cidade, *o bicho estava no pasto de uma fazenda*. E, como Caio e eu não fizemos nenhum comentário, ele se calou. Suas palavras foram as únicas ditas até chegarmos lá, ao ponto de encontro, depois de meia hora de caminhada entre as ruas de paralelepípedos e o trecho de terra. Se as palavras serviam para a vida, como dissera Tereza, minha professora de catecismo, com seus exemplos bíblicos, *Faça-se a luz e a luz se fez* ou *Levanta-te, Lázaro*, não havia mesmo serventia para elas naquela hora: estávamos no polo contrário, da morte, de cujas inumeráveis faces pouco conhecíamos.

Ao longo do percurso, meus olhos estranhamente procuravam algo novo nas casas, no rosto das pessoas com quem cruzávamos, no céu quase sem nuvens sobre os nossos ombros, como se o meu estado de espírito, já tocado pela cena a que eu assistiria em breve, pudesse alterar a minha percepção do mundo – e me dotar, de repente, para vida inteira, de uma sabedoria que me faltava.

Já tinha visto muito bicho morto, dos minúsculos a uns maiores: baratas, formigas e moscas aos montes, lagartixas e passarinhos, sapos e até uma cobra. Tinha visto um gato ser atropelado na rua de casa – e a Keka, a vira-lata da minha mãe, eu a vira morrer, magra e cega, no colo do meu pai.

Também me recordava do tio Duílio, que se vestia de palhaço e me ensinava palavrão às escondidas, tio

Duílio sempre me fazia rir, e, de repente lá, estendido no caixão, sua face nos meus lábios, gelada e rígida como um seixo de rio, quando minha mãe disse, *Vai dar um beijo de despedida no seu padrinho*, e eu fui, mesmo refém do meu constrangimento, da litania triste das vozes puxando preces e do véu de resignação que envolvia todos, mesmo dominado pelo temor, eu fui, porque, fosse meu desejo ou não, um dia eu teria de ser maior.

E então, naquele agora, eu estava indo com os meus amigos, Guto e Caio, para além das cercanias da cidade, onde se daria o nosso batismo, não de fogo, mas de faca. Eu sabia, até o momento, o que era morrer. Em minutos, saberia o que era matar.

Passamos pelo bosque de eucaliptos e casuarinas, em frente ao açude onde nadávamos em grupo, espichando as margens daquela felicidade efêmera das tardes de verão, que era não sentirmos o fim das coisas, era vivermos só o viver – o tempo de sentir no leve só o leve, não o peso que ele oculta.

Contornamos a curva da encosta e, adiante, pudemos ver o prédio marrom e a bicicleta do Nim, irmão do Guto, que tocava o açougue da família; ele estava lá dentro, à nossa espera, era aquele o nosso acordo. Instados por aquela visão, que eliminava qualquer rota de fuga – ali tínhamos ido para assistir ao fim de uma vida! –, seguimos a passo acelerado, os três no anseio, talvez inconsciente, de adiantar o destino que nos usaria para se confirmar.

Se o prédio não tivesse em sua fachada a inscrição "Matadouro Municipal" e o cheiro espúrio das superfícies que, por mais exaustivamente lavadas, jamais estarão limpas, seria facilmente confundido com uma moradia rural, singela, não um local de execução.

Por deferência ou receio de não cumprir direito o nosso papel, ficamos parados por um momento diante da porta entreaberta. Guto, por fim, acercou-se da fresta, para ele também era um desafio, a sua primeira vez, e chamou pelo irmão, *Nim, Nim!* Ouvimos um rumor metálico, a batida de um casco no chão, a respiração do animal e, em seguida, a voz do Nim, o tom mais de ordem do que de convite, *Entrem, entrem!*

Entramos.

Apesar das amplas janelas abertas, por onde o sol, visitante mudo e tímido como nós, espraiava-se, a luz era insuficiente para abrandar a atmosfera pesada que vigia ali. Nim retirava da sacola uma serra manual e um martelo e os colocava junto às facas de vários tamanhos alinhadas no piso. Sentindo nossa aproximação, virou-se e perguntou, *Tudo bem?*, para se certificar se estávamos prontos. Guto respondeu, *Tudo!*

Outra batida de casco no chão soou e, então, vimos ao fundo, o boi, irrequieto, preso a uma corda, o rabo abanando as moscas que o rodeavam. Sua presença ali me pareceu estranha, eu só conhecia o gado solto, a ruminar pelos campos. Entre aquelas paredes, retirado de sua paisagem, era a primeira letra de uma liturgia que eu ignorava.

Nim apanhou um ferro pontiagudo e procurou vagarosamente com o dedo um ponto na cabeça do boi. De súbito, sem hesitar e sem uma palavra de atenção para nós, transpassou o ferro com toda força naquele ponto. O boi desabou no ato. Desmaiara, mas, dava para sentir, a vida ainda estava (por terminar) nele. *Vamos, me ajudem!*, Nim disse. A seu comando e com o empenho de todos, içamos o animal pelas patas, de cabeça para baixo. Ligeiro, Nim apanhou uma das facas, foi cortando a pele do pescoço e, logo, a jugular: a enxurrada de sangue irrompeu! A abundância e a intensidade do jorro me assombraram. E era apenas o início: Nim tinha pela frente a etapa mais longa, a do desmonte, a qual assistimos em pé, atônitos, por um bom tempo. Ele serrou os chifres e as patas, cortou o rabo e foi retirando o couro. Depois, abriu a barriga do boi, puxou as vísceras para fora e se pôs a separá-las. Por último, atacou a carcaça, usando a serra, o martelo e outras facas para cortá-la em partes menores.

Quando pegou a mangueira d'água para lavar o chão, compreendemos que podíamos ir embora – e fomos saindo silenciosamente. *Você fica pra me ajudar!*, Nim disse para o Guto. Eu e Caio acenamos para os irmãos e abandonamos o matadouro. A claridade do sol nos deixou cegos por um instante. Caminhamos de volta, também calados. Passamos pelo túnel de eucaliptos e casuarinas e, ao entrarmos na cidade, Caio disse, *Tchau*, e pegou a direção da casa dele.

Continuei sozinho. Meu coração latejava, efeito tardio do que eu presenciara. Minha memória seguia agitada pelas cenas recentes. Não cabia na tira de vida, que era então a minha medida, aquele tudo. Foi aí que, ao observar as casas, o rosto das pessoas, o céu com uns farrapos de nuvens, as coisas todas do mundo, senti algo novo, uma compreensão maior da existência. Aquela certeza geral, oculta na aparente normalidade da vida, revelara-se, finalmente, para mim.

ACABAMENTO

Ainda no começo daquele ano, aprendi com meu pai a diferença que faz um bom acabamento. E levei essa mania – quase um toque, minha mãe dizia – para o meu futuro afora, até no meu agora presente, que pede sem cessar cuidadosos remates.

Eu estava ainda nos meus dias de férias, quando só queria brincar e esquecer, mesmo provisoriamente, os cadernos e as tarefas escolares. Tempo de não ter lição de casa, de dormir mais tarde – a noite era outra, se não havia hora para o sonho acabar no dia seguinte –, tempo de levitar e de desaprender.

Na manhã de um sábado, veio a súbita novidade, trazendo-me inesperada alegria. Meu pai me viu aparecer na cozinha, sonolento, de pijama, onde ele e minha mãe conversavam, tomando café, e, em vez de dizer, *Bom dia, dorminhoco!*, surpreendeu-me, perguntando, *Que tal comprarmos tinta e pintarmos o seu quarto?* Tão velha era aquela sua promessa, que eu já a havia esquecido e nada respondi, estava ainda me desenrolando do sono. Mas me animei quando minha mãe disse, *Vamos, filho, vai trocar de roupa e comer alguma coisa, seu pai espera!*, sinal de que os dois estavam de acordo. Cocei os olhos e perguntei, *Vamos pintar mesmo, pai?*, e ele respondeu, *É claro!*, e eu, *Quando?*, e ele, *Começaremos hoje mesmo*, e minha mãe, *Mexa-se, mexa-se!*, e eu, *Já vou*, e meu pai, *Toma logo seu café, enquanto isso eu faço a lista do material*, e eu, só para mim, saindo lá do meu fundo para aquela realidade, pensei como ia ser legal pintarmos juntos.

A loja de materiais de construção situava-se a apenas uma quadra de casa, mas meu pai disse, *Vamos de carro*, e eu, acostumado a andar a pé para lá e para cá com os meus amigos, perguntei, *Por que, pai?*, e ele, *É muita coisa pesada, filho, você vai ver...* Entramos no Fusca que ele legara do meu avô e rapidinho chegamos lá. Apesar de ser cedo, havia um entra-e-sai de pessoas que me chamou atenção, devia ser gente como nós disposta a melhorar o seu pedaço de mundo.

Meu pai mostrou a lista para o funcionário que nos atendeu. Enquanto conversavam, olhei sem pressa as prateleiras ao fundo, para além do balcão, nas quais se destacavam, de um lado, gavetas e mais gavetas em cujas tampas, como exemplo do que havia dentro delas, estavam colados parafusos e argolas de vários tamanhos, canos e peças de plásticos e, do outro lado, latas de tintas grandes e pequenas, uma diversidade de rolos de cordas, arames e ferragens. Eu não entendia para que servia quase nada ali exposto, mas admirei aquela profusão, era um muito para a gente ver e rever, coisas feitas para dar o começo e o fim, coisas para se erguer – e derrubar, eu já estudara os antônimos – casas, cidades, países.

Virei-me de costas e me deixei observar os fardos de pás e vassouras encostadas em um canto, os vasos, os sacos de areia e de cimento, as carriolas e as caixas de cerâmica e azulejo empilhadas no meio do caminho, que obrigavam as pessoas a se desviarem.

Assim, acabei me distraindo e, quando percebi, meu pai preenchia o cheque e, entre nós dois, no chão, havia uma pilha de materiais. Com a ajuda do funcionário, colocamos tudo no porta-malas do Fusca, *Viu como é pesado!*, meu pai comentou e, na hora de descarregar em casa, foi me dizendo o que era cada item da compra (as lixas, a bandeja de aplicação, os roletes) e como o usaríamos. *Vamos começar já*, ele disse, *Mas, antes, temos de colocar roupa velha.*

Em minutos estávamos lá, à porta do meu quarto. Minha mãe passou pelo corredor, mirou nós dois e disse, rindo, *Gostei dos trajes!*, e completou, *Mais tarde, entro na dança com vocês*, e seguiu para o quintal.

Primeiro, vamos tirar os móveis, meu pai disse. E assim o fizemos: levamos para garagem a minha cama, o criado-mudo, a mesa e a cadeira que eu usava para estudar. O guarda-roupa, para poupar o trabalho de esvaziá-lo e o de pegar peso desnecessário, só afastamos da parede e cobrimos com um pedaço da lona de plástico que ele comprara. *Agora, a segunda etapa*, meu pai disse, *tirar os espelhos das tomadas e dos interruptores, as cortinas, o lustre do teto.* E eu, *E depois, pai?*, e ele, *Depois forramos o chão pra não sujar o assoalho*, e eu, *E depois?*, e ele, *Depois lixamos as paredes, a lixa grossa primeiro e, em seguida, a fina*, e acrescentou, *Vamos, vamos, mãos à obra!*

Ajudei-o nessas etapas, pleno comigo e sentindo que minha satisfação por estar ali com ele se multiplicava em outras, pequenas, mas que, somadas, eu mal conseguia segurar, e perguntei, *E agora, pai?*. Ele parou um instante de lixar, limpou o rosto coberto de pó, fez um gesto em círculo e disse, *Agora, ainda antes do almoço, temos de amaciar as paredes.* Logo, pegou a espátula e começou pelo rodapé a passar a massa corrida. Fiquei pensando nesse verbo, amaciar, aplicado às paredes. Era bonito como o verbo untar, cujo significado minha mãe me explicara dias atrás.

Assisti ao meu pai amaciar as paredes vagarosamente, e o auxiliei quando ele me pediu, observando o seu capricho, eu jamais imaginara que se podia acariciá-las – o futuro me obrigaria a ser carinhoso com outras, mais delicadas, superfícies. Minha mãe nos chamou para o almoço, chamou outra vez e somente na terceira vez, quando o cheiro de bife frito se sobrepôs ao da massa corrida, foi que meu pai disse, *Pronto, missão cumprida por ora!* E eu, *E depois, pai?*, e ele, *Com esse sol, a massa vai secar rápido e aí a gente dá a primeira demão de tinta.*

Fomos nos lavar na torneira do tanque e sentamos à mesa com aquela roupa mesmo, velha e já salpicada de pó e de massa corrida, as primeiras marcas que aquele dia ia deixando em mim – e, mais fundo, em minha memória.

A etapa seguinte, que eu supunha fácil, esperar a massa corrida secar, afligiu-me a ponto de quase me enfadar, eu estava ávido para continuar a pintura com meu pai, a pintura que em rigor nem tínhamos iniciado, mas tudo o que se faz exige no seu fazer, em algum momento, a espera. Meu pai e minha mãe se sentaram nas cadeiras da varanda, deixaram-se ali a conversar, acho até que cochilaram, porque a certa hora só o silêncio, governando a casa, me aceitou. Fiquei com ele, em desassossego, tentei evitá-lo com os meus brinquedos, mas minha vontade apontava para outra direção. No meio da tarde, meu pai me chamou e, com a palma da mão, confirmou que a massa corrida secara, *Bendito sol*, disse, e aí retomamos o trabalho. Na garagem, ele diluiu a tinta com água, tirou da embalagem a bandeja de aplicação, encaixou os cabos nos dois roletes (um para mim e outro para ele) e me pediu para pegar os pincéis e o pano de chão.

Começamos pelo teto, meu pai explicou, *Na sequência, pintamos as paredes, a porta e a janela e, por último, o rodapé.* Colocou a bandeja de aplicação com tinta diluída no degrau mais alto da escada, pegou o rolo e subiu. O teto ganhou rapidamente a cor branco-gelo, eu prestava atenção em como meu pai pintava, em seus movimentos de vaivém, fugindo das gotas de tinta que pingavam do rolete.

Não tardou para que chegasse a minha vez de pintar, uma parede para mim, outra para ele. *Vamos, tente!*, meu pai disse. Passei o rolete uma vez, duas, três, e segui, cobrindo com cuidado toda a parede de azul, ele ali me inspecionando. *Está indo bem, só cuidado pra tinta não fazer bolha*, disse. Depois, pintamos juntos as outras duas paredes, e, quando estávamos no finzinho, minha mãe apareceu com o café, o azul topázio que eu escolhera já dominava o espaço, parecia um oco no meio do mar que nos rodeava. Não era mais um quarto, mas uma história em andamento entre nós. *Está ficando lindo*, minha mãe disse, e meu pai, *Está mesmo*, e eu lá, com a cara e a roupa sujas de tinta, só feliz – e agarrado à gratidão. Dormi no sofá àquela noite, um sono sem sonhos, talvez porque eu já tivesse à minha espera a realidade, maior e justa, que me cabia. Mal o sol apareceu na manhã seguinte, entornando seus raios no piso da sala, como se fosse água iluminada, fui ao meu quarto. Abri a janela para ver aquele retângulo onde eu me guardava, meu espaço novo e azul: parecia uma piscina vazia esperando para se encher, até transbordar, de mim.

Meu pai logo despertou, tomamos o café juntos, vestimos as roupas velhas, prontos para dar a segunda demão de tinta. E à medida que recomeçamos a pintar, eu sentia que, embora estivéssemos vivendo aquele momento comum, também habitávamos outro instante, superior, como se o tempo fosse uma escada, e estivéssemos com um pé em cada degrau – um abaixo e outro acima. Tanto que para disfarçar, demos para conversar sobre outros assuntos, alheios à nossa ocupação ali, movimentando-nos neles, como o rolete que deslizávamos nas paredes.

Nem havia passado uma hora e já havíamos terminado a segunda demão. *E agora, pai?*, eu perguntei, e ele, *Agora vamos pra porta, os batentes, a janela e suas esquadrias. Certo*, eu disse. *E o rodapé*, ele acrescentou. Pegamos na garagem as latas de tinta branca – outro era o seu cheiro, que se misturava nas minhas narinas ao da tinta acrílica ainda úmida – e os pincéis próprios para pintar madeira.

Continuamos o trabalho, aquela era uma das etapas mais curtas, e quando estávamos quase terminando, minha mãe apareceu, trazendo Caio, que tinha vindo me chamar para jogar bola. Eu falei, *Hoje eu não vou*, como ele podia ver, eu tinha o que fazer naquele domingo, e, em vez de dizer, *Estou ajudando meu pai a pintar meu quarto*, eu disse, *Estou pintando meu quarto com meu pai*. Caio disse, *Beleza!*, e minha mãe, como se tivesse fazendo uma vistoria, disse, *Está ficando lindo*, e acompanhou meu amigo até a porta de casa, *Serviço de primeira*, meu pai disse, rindo.

Depois do almoço, demos outra demão na porta, janela e rodapé e, então, chegamos à última etapa, *O acabamento*, disse meu pai, explicando que era a hora de dar o arremate, eliminar pequenos defeitos, cuidar dos detalhes, coisa na qual as pessoas nem sempre se esmeravam. Para mim, todavia, o quarto já estava bonito, meus olhos só viam perfeição.

Meticuloso, meu pai me mostrou uns respingos de tinta acrílica na maçaneta da porta; passou nela o pano embebido no removedor e o metal cintilou, limpinho. Fez o mesmo no trilho da cortina, que havia sujado quando ele pintou o teto. Recolocou, com cautela, os espelhos das tomadas e dos interruptores, *Pra não machucar a parede*, disse. Reinstalou o lustre no teto. Em seguida, com a minha ajuda, levou o material usado para a garagem. Recolheu a lona de plástico que cobria o guarda-roupa e, ao fazê-lo, restos de massa corrida ressecada caíram no chão. Meu pai pegou a vassoura, varreu, recolheu tudo na pá e levou para o lixo no quintal. E, antes de buscarmos os móveis, procurou falhas nas esquinas das paredes, nos cantos do rodapé, retirou uma mancha, quase imperceptível, no vidro da janela. Por fim, pôs-se no meio do quarto, mirou-o, distanciado, no seu todo, abriu um sorriso, e disse, *Pronto!*

Apesar da satisfação que há muito me dominava, foi só nessa hora, quando meu pai sorriu para mim, que passei naquele dia pelo estreito do grande contentamento. Senti, de repente, que não estávamos mais no meu quarto, com a sua feição nova, estávamos num altar, não presos à sua atmosfera solene de templo, mas descontraídos e leves, num estado superior ao de prece; Tereza ensinara que prece era um pedido, às vezes uma súplica; estávamos ali em oração, porque oração, ela havia insistido na diferença, era uma forma de louvar e agradecer pelo instante vivido. Lá estávamos, eu e meu pai, não de joelhos, mas em pé, observando juntos as paredes que tínhamos pintado e o teto, onde nossos olhos pararam e se fixaram – o teto, aquela divisória entre nós, num espaço fechado, e o lá fora do mundo, na sua imensa realidade, para além da nossa ação.

Ali estava a nossa obra, o meu quarto boiava no azul, as paredes descascadas e com manchas de bola haviam sumido, e mais que a nossa obra estava comigo o tempo que passei com meu pai a realizá-la, conquistado – e para sempre seguro.

E, então, os dias correram, correram até se moldarem ao distante das coisas gravadas. E, da mesma maneira, abrupta, veio a tarde em que meu pai sentiu um mal-estar. Depois veio a manhã seguinte e a consulta ao médico na Santa Casa, em seguida os exames de urgência, a espera pelos resultados durante a semana, a volta ao médico, a primeira internação, a segunda e as outras – as etapas se sucedendo, como na pintura das paredes –, até aquela que seria a última, e eu nem desconfiava, estava me acostumando aos vaivéns dele ao hospital. Mas meu pai sabia. Na hora em que o levaram, ao descer amparado pela escadaria de casa, ele me abriu aquele sorriso, igual ao do domingo quando terminamos de dar os retoques no meu quarto. Um sorriso nem triste nem alegre. Sorriso sereno de quem cumpriu, junto a alguém que ama, uma tarefa que se dispôs a fazer. Foi o seu acabamento em mim.

GÊMEOS

Das vivências mais fortes, que nunca mais vão me abandonar – mesmo que a memória se apague completamente, elas seguirão acesas, transformaram-se em colunas cimentadas do meu ser –, foram aquelas com os gêmeos, Pedro e Paulo, amigos da mesma idade que eu, Caio e Guto. Sempre que íamos visitá-los, comentávamos entre nós sobre como tínhamos experimentado os mesmos sentimentos – em nós, o movimento da vida era intenso, vibrátil, e neles, irmãos, escasso e restrito desde o nascimento. Nós éramos corredeiras; eles, águas paradas.

Ninguém, à época, sabia que raridade de doença os acometera, recém-nascidos os músculos não respondiam às suas vontades, a infância inteira em cadeiras de rodas, um ao lado do outro, na quase total imobilidade, girando, quando muito, devagarinho, a cabeça, na direção da nossa voz, *Oi, Pedro, oi, Paulo*, no rosto os olhos como anzóis, vívidos e comunicativos, puxando a nossa atenção, e que, às vezes, eu tinha certeza, diziam com mais ênfase aquilo que saía de seus lábios, a muito custo, audível, e os olhos, os olhos piscavam, os olhos eram as asas (ainda que quebradas) dos dois.

Eu gostava deles, talvez porque, ao contrário de Caio e Guto, os gêmeos não eram meus pés e minhas mãos, os gêmeos eram meus ouvidos, o mundo se fazendo pelo planeta afora e no espaço sideral adentro, e eles, inertes, como estátuas, narrando para nós histórias que a mãe deles contava à noite, recicladas de livros, a voz fraquinha dos dois que, entretanto, comentavam com realce detalhes dos episódios de *Perdidos no Espaço* que eu nem tinha notado. Eu pensava: ninguém mais longe das estrelas do que eles!

E, todavia, como se mostravam felizes quando conversávamos sobre aquele seriado! Pedro admirava o Will, achava estranha a voz do Dr. Smith, sonhava conhecer a espaçonave Júpiter II, *Deve ser linda por dentro,* e se perguntava, *Será que a família Robinson consegue voltar pra casa?.* Paulo duvidava que eles chegariam a colonizar algum planeta da Alfa Centauri, adorava quando o robô avisava escandalosamente, *Perigo, perigo!,* e, sempre que se mencionava aquele pormenor, ele curvava levemente os lábios num esboço de sorriso, que devia lhe custar um enorme esforço. E aí eu pensava se os dois, dia após dia, sem se despregar daquela fatia fininha de mundo, sabiam o que era perigo, se alguma vez tinham provado a sensação de estarem perdidos.

Eles também eram fãs do *Túnel do Tempo,* não por acaso outro seriado no qual os protagonistas, dessa vez viajando na máquina do tempo, buscavam igualmente voltar para casa, o que, além de me chamar a atenção, me empurrava para um entendimento maior de suas preferências. Cada um de nós tinha a sua galáxia, eu pensava, mas também a sua chuva de meteoros; cada família tinha a sua máquina de fugir do presente, mas também o seu túnel comprido que levava ao amanhã. Eu gostava deles, e passei a gostar mais quando, numa tarde de fevereiro, sentindo que eu estava pronto para ouvir aquele seu comentário, minha mãe disse, *Filho, eles não vão durar muito...*, e eu fiquei olhando para ela, e vendo nela os dois lá em suas cadeiras de rodas, o caminho deles em direção ao fim sem obstáculo algum, ambos na fila dos adeuses, eu passei a gostar ainda mais do Pedro e do Paulo – por toda a minha vida, depois, eu me apegaria àquela certeza de que se não fosse a finitude não existiria amor, a finitude era o que nos fazia gostar, gostar mais (e mais de tudo, até o máximo) de alguém. Minha mãe, devolvendo-me o olhar em profundidade, menos como consolo prévio do que como alerta para o meu coração, disse, *Que vivam o tempo deles!*, e eu peguei dentro de mim uma alegria, miudinha é verdade, porque eles ainda estavam lá, vivos.

Uma outra razão, não menos forte, nos unia: se eu me habituara ao alvoroço, e eles à inércia, éramos todos torcedores do Corinthians. E, talvez, para irmanar meninos como nós, esquecidos em cidades pequenas, o Corinthians fazia anos que não ganhava um título. Era campeão em chegar às finais e semifinais e perder, pulverizando a nossa esperança e, ao mesmo tempo, alongando o comprimento de nossa paixão. No ano anterior, vazando confiança, havíamos assistido juntos na TV da casa deles a uma partida da quadrangular final do Campeonato Paulista entre o Corinthians e o Santos – e a derrota do nosso time nos irmanara no desencanto. Os rojões começaram a estourar na vizinhança, trazendo até nós o cheiro da pólvora e da decepção. Pedro suspirou, *Resultado justo,* Paulo nada disse. Pensei se a vida era justa com eles e senti uma espécie de revolta se misturando ao inconformismo. A noite era de festa para outras pessoas. Quando me despedi, a mãe dos gêmeos percebeu o tamanho da minha tristeza e me deu um abraço. Ela sabia que, às vezes, o destino doía em outros meninos, não apenas nos seus.

Lembro que, certa tarde, eu e Guto fomos vê-los e encontramos a casa fechada, paralítica no espaço, como os dois irmãos. A vida parecia ter ido embora dali – apenas o vento movia as folhas das samambaias do vaso na varanda. Soubemos depois que eles haviam sido internados na Santa Casa, o corpo se tornando mais pedra do que já era – e eu imaginava aqueles olhos ternos, as pálpebras rijas, sem conseguirem piscar. Minha mãe, tentando parecer natural, disse, *Estão indo embora, filho!*, e se debruçou na janela da sala, a contemplar o céu magnífico, talvez se recordando da morte do meu avô. A gente dá um passo a mais à entrada do deserto, quando uma pessoa querida se vai para sempre.

Pedro foi primeiro. Um mês depois, Paulo. *Que vivam o tempo deles!*, as palavras de minha mãe me voltaram nas duas vezes em que a nota de falecimento nos chegou pelo serviço de alto-falante da cidade. O tempo para ambos teve quase a mesma duração, como se o destino, calculando-o pela variável da misericórdia, resolvesse dimensioná-lo com diferença mínima, para que um não sofresse demais a ausência do outro.

Eu queria me despedir dos gêmeos, vê-los no caixão, como a estátua de Cristo levada pelos beatos na procissão da Sexta-feira Santa. Minha mãe, no entanto, proibiu que eu os velasse: julgava que era cedo para eu ir a um funeral. Mas eu sabia o que era a vida, a única coisa que tínhamos de valia, e eu sabia o que era a morte, que a roubava de nós. Eu já tinha visto o Nim matar aquele boi; em breve, veria meu pai nos deixar.

Tempos depois, indo para a escola, passei em frente à casa deles. Parei, atraído por um chamado, não como o alerta do robô de *Perdidos no espaço,* gritando, *Perigo, perigo!,* mas pelo silêncio de uma placa, invisível, com o aviso, *Área de lembranças.* Vi, dentro de mim, nós juntos de novo, na calmaria daqueles encontros, sem gestos intempestivos, sem gritos, sem o frenesi da infância normal, que me impulsionava a apostar corrida com Caio e Guto, a caminhar pelo túnel de eucaliptos e casuarinas, a invadir o pomar da Fazenda Estrela para roubar frutas. Pedro e Paulo se revezando em falar, movendo lentamente a cabeça para me ver, tão lentamente que o mundo estacionara naquele instante, imobilizando-me ali.

De súbito, enquanto eu conversava imaginariamente com os dois, vi a mãe deles me observando pela janela. Ela sabia que eu estava pensando em seus filhos, sentindo a falta dos gêmeos. Acenou-me, como se agradecendo por eu ter sido amigo deles. Acenei de volta – um gesto simples, de erguer a mão e movê-la em leque, mas que ela jamais vira seus meninos fazerem. Retomei o passo. Meus olhos estavam tão lotados do rosto de Pedro e de

Paulo, que transbordaram. Eu continuava – e assim será até o meu fim – gostando deles. Os dois continuam vivendo o tempo deles em mim. Porque o sentimento que temos pelas pessoas não acaba quando elas morrem: acaba quando nós morremos.

RECHEIO

E a vida continuava vindo, revezando-se em conter e em liberar para o mundo novos acontecimentos, os dias e as noites saindo da fila do tempo para se entregar a mim e eu às suas horas, que se alternavam entre sólidas e difusas. O que era contínuo seguia, sedimentando-se mais, copiando as quinas rochosas da pedreira da cidade. Mas eis que, em março, surgiu um lote de novidades para me subverter a rotina, sorvendo o meu olhar e esgarçando o meu espírito inquiridor – uma família chegou num fim de semana, o pai, a mãe e o filho numa caminhonete Ford, atrás de um caminhão-baú de mudanças. Os veículos estacionaram diante do sobrado vazio de um velho comerciante de tecidos, morto havia alguns meses, e aí foi o que foi: homens uniformizados, saídos do caminhão, levavam móveis para o interior da casa, sob o comando da mulher. Se ela e o marido estariam bem no centro da curiosidade dos meus pais, o menino seria o ímã que me atrairia como uma limalha.

Chamava-se Marinho, nome originário da palavra mar, ausente entre nós, habitantes daquele lugarejo cercado só por fazendinhas e pela pedreira, a terra sendo nosso oceano de grãos, a água escondida nas nascentes subterrâneas, fora das nossas vistas, embora às vezes, nas noites de inverno, quando a gente ia até o adro da Igreja Matriz, onde se realizavam as quermesses e as festas juninas, e olhávamos lá embaixo como de um mirante, as casas pareciam navios flutuando na escuridão do mar, as suas luzinhas e as dos postes acesas num discreto diálogo, as embarcações prontas para desatracar do bloco de sombras pesadas e, sem pressa, navegar pelo mundo – assim se dava nos meus súbitos devaneios.

O nome Marinho caía bem nele, que tinha a pele bronzeada, os cabelos ondulados, os olhos azuis que doíam de ver e silenciosamente humilhavam os meus e dos meus amigos, castanhos ou negros, vindos de outros de igual cor, os nossos pais Pereiras, Silvas e Santos. Mas, naquela nossa existência de poeira, o temor do desconhecido e a suspeita eram desfeitos pelo vento, as diferenças entre meninos caíam como folhas no outono, vagarosa mas integralmente – e ficamos amigos.

Marinho nos mostrava outro modo de ser e brincar, e eu, Caio e Guto fazíamos o mesmo por ele, as nossas miúdas experiências lhe serviam como moedas novas, o mero nas vivências dele era raro para nós, e, uma vez compartilhado, tornou-se também tesouro nosso. O prodígio das trocas, *ah!*: outra competência a começar em mim, como um conhecimento vivo.

O pai dele trouxe para todos, da cidade, um sobressalto bom – que mudou nossas manhãs: alugou um imóvel vago, numa rua paralela à principal, onde começaram a chegar refrigeradores, fornos, caixas de mantimentos, até que o serviço de alto-falante anunciou a inauguração da Panificadora De Ville. E veio o filãozinho, a bisnaga, a baguete, o pão francês mais gostoso que o das outras duas padarias da cidade, o pão preto, o pão de milho, o pão com torresmo, e mais o croissant, o ciabatta, a foccacia, o panetone, as ofertas de biscoito, brioche, petit four, salgado, doce e bolo de festa.

De saída, levamos Marinho para jogar bola no nosso campinho, ele, veloz no drible, fugia fácil dos marcadores, atacante – na minha definição, aquele que faz gol, com o chute final da consagração, ou que o tira do nada, dando o passe para que outro o faça, portanto, um gerador de alegria –, e, eu, como todo zagueiro, tentando evitar o fracasso, quando jogava contra ele, tinha de cercá-lo, persegui-lo, e quase sempre levava olé! Quem é que impede o mar impetuoso de chegar à areia?

E logo o levamos ao Sítio São Marcos, a gente se metendo na roça de milho safrinha, ensinando a ele como achar na planta a lagarta-do-cartucho, como não se ferir nas folhas e quando a espiga já podia ser colhida, *Viu, Marinho? Tá no ponto!.* Depois, a gente se sentava à sombra do jatobá, no vaivém das conversas, observando o moinho a girar com o vento, as pás ruidosas, o moinho estacionava, o súbito silêncio, girava de novo, estrepitoso, e outra vez mudo – o domínio do invisível.

Aí o levamos ao açude, mostrando-lhe aquela comporta do nosso contentamento, avaliando que desprezaria as águas escuras, represadas, mas Marinho, na contramão, nadou feliz de duas, três maneiras, no seu natural, sem exibição, disse que as aprendera numa escola de natação, quis até ensinar o nado borboleta para mim e para o Guto, que só sabíamos, e mal, o clássico, e não zombou do Caio, que se virava no estilo cachorrinho. Em seguida, o levamos ao túnel, para que sentisse o perfume dos eucaliptos e ouvisse o som inquietante que a brisa arrancava das casuarinas.

Queríamos tanto que ele conhecesse a patriazinha da nossa infância, que nos primeiros dias o conduzimos para todos os cantos da cidade – e, embora os gêmeos não estivessem mais vivos, contamos sobre eles, a doença inexplicável e a amizade que tínhamos, do nosso jeito, com as parcas palavras e o comovido das lembranças.

Apresentamos ao Marinho o Adão, atração da cidade, menino-engraxate que, enquanto lustrava os sapatos dos fregueses, cantava músicas populares. Apresentamos-lhe para o vento, descendo de bicicleta, a toda, a ladeira de atrás da Igreja Matriz, soltando as mãos do guidão, rindo e gritando um com o outro, e todos com o vento, amigo com quem nos encontrávamos, cada um a seu modo. Eu tinha aprendido com Tereza que certas coisas manifestavam-se por si e por meio de outras, como o vento, ele roçando a nossa pele e, simultaneamente, movendo as nuvens, os ramos das árvores, as folhas dispersas nas ruas. Já Marinho nos fez conhecer aquele nosso amigo numa condição que desconhecíamos, em estado de maior voltagem, quando nos chamou para passear na caminhonete de seu pai – nós sentados no selim da bicicleta e o vento conversava com a gente, como se fosse uma música no seu adágio, no máximo atingindo o andante e, na caçamba da caminhonete, saltava imediatamente, veloz, para o allegro, enlouquecendo-nos de risadas, o susto bom de conhecer o lado latente de um amigo, em verdade dois, Marinho e o vento, susto em dobro de bom.

Aos poucos, os lugares às claras e os secretos foram se tornando para ele, quanto eram para nós, as suas divisórias entre a vida que trazia de longe e aquela conosco, os seus cômodos de acolhimento e diversão. Oposto ao nosso prazer de sonhar com universos distantes, os espaços siderais e os tempos primitivos, Marinho se extasiava com as cidades perdidas como Atlântida, e, obviamente, seu seriado favorito era *Viagem ao fundo do mar* e seu ídolo o Almirante Nelson.

Marinho nos transportou para o seu mundo de antes, apontou num velho mapa rodoviário a meia dúzia de cidades onde vivera, dando-nos acesso às suas múltiplas experiências, ele vindo de alargamentos, que nós, habituados à contenção, admirávamos.

Na escola, no recreio com Marinho, conheci a medida daquela contenção, o limite estreito entre a minha realidade e a dele. Na lancheira, eu levava uma garrafinha com limonada e um sanduíche com recheio de goiabada – minha mãe usava o que tínhamos lá no quintal de casa, um pé de limão siciliano e três de goiaba (um da branca, dois da vermelha). Suco diferente, comprado no mercadão municipal e queijo branco entre as fatias de pão, requeijão, ou mesmo manteiga que ela às vezes fazia com a nata grossa do leite, só de raro em nunca.

E assim era também o sanduíche do Caio, quase diariamente com doce de leite, e o do Guto com carne desfiada. E Marinho no abuso, a mãe dele se servindo à vontade dos frios da Panificadora De Ville, para o filho se saciar com o que havia de mais delicioso, a bisnaga sempre maior, e no recheio a sobreposição de camadas e camadas de queijo prato e presunto, uma tora de exagero como o próprio pão. Eu o mirava enquanto comia, lentamente, o orgulho na mão, que ele ia bicando, desligado de nós, inferiores naquele comparativo.

Eu, Caio e Guto trocávamos de lanche vez por outra, para variar, no desejo de provar outro sabor, mas, vendo diariamente Marinho com seu super-sanduíche, só podíamos salivar e nos conter; o cheiro do presunto me exaltava, a mordida quase saía da minha boca para negar a lição que eu recebia nas aulas de catecismo – não cobiçar a coisa alheia.

Relevando aquele porém, Marinho se integrara com a gente no seu todo, era querido por nós, agíamos com mútua afetividade, e ele nos tratava como iguais, apesar de seu lastro.

Naquele ano, passou com a gente a Sexta-feira Santa – como nós também implicou com o som das marimbas e se encantou ao ver pelas ruas a procissão dos beatos com as velas em punho, alterando preces e cantos –; as festas juninas, cujas fogueiras nos punham agachados, mirando as chamas e ouvindo os estalos; e a entrada da primavera, quando o verde das árvores e dos gramados renascia, vibrante, e a gente ia, com euforia, para as campinas.

E aí o tempo, transformador, deu para inverter a corrente da história do Marinho e de seus pais na cidade. Como num filme fotográfico, caiu em nossas mãos o negativo daqueles meses prósperos e luminosos da família dele entre nós e a realidade, autêntica, saiu do forno, rebocando uns fatos imprevistos – por ninguém presumidos, nem pelos invejosos, donos das outras padarias.

Voou para lá e para cá, feito beija-flor, ao contrário da boa-nova, a má notícia – quem, na cidade, que se comprazia com as delícias da Panificadora De Ville, não veria nela desvantagem? –, que o pai do Marinho vendia demais a fiado, no sistema de caderneta, anotando a despesa dos fregueses ao longo das semanas e só recebendo o pagamento no último dia do mês, que ele calculava, para menos, nas suas contas, e, dimensionando equivocadamente o consumo, comprava mantimentos em quantidade maior – que apodreciam no estoque. E mais: que se endividara no banco da cidade de onde procediam, para abrir na nossa o seu comércio.

Havia quem discordasse: boatos eram inerentes à alma dos vilarejos, mas devia ser verdade, e era, e foi. Porque, certa manhã, apareceu um caminhão e homens foram carregando os refrigeradores, os fornos, os demais equipamentos da padaria. O pai do Marinho devolveu as mercadorias, fechou as portas da Panificadora De Ville, vendeu a caminhonete para um sitiante. Não demorou senão uns dias, a família foi-se embora.

É esse, não outro, o miolo (simples) da história deles – o que me fazia refletir sobre o meu. Não sem consternação, lembrava do dia em que chegaram, fazendo circular imediatamente no meio da gente novas conversas, além dos pães crocantes, das broas de milho com erva doce, dos biscoitos de polvilho, enfim, do seu total, que incluía – sem que soubéssemos – também aquele lado recôndito. Mas ainda tivemos tempo para a despedida. Não queríamos aquele atestado de separação, imposto pelos adultos, mas tivemos de aceitá-lo. Na véspera de sua partida, Marinho foi ao campinho e não quis participar da pelada. Sentou-se na mureta e lá ficou um tempão, observando menos o jogo e mais o moinho do Sítio São Marcos, cujo dono vendia fubá para o pai dele.

Quando entardeceu e a dispersão se iniciou, Marinho estendeu a mão para o Caio, o mais próximo, que retribuiu no ato, apertando-a forte, e se miraram, como dois homens de semelhante valor. Guto e os outros meninos também se despediram do Marinho, as mãos se estreitando, a notícia confirmada nos olhos de todos. Lembrei do meu avô, *Quanto mais amor, menos precisamos falar*. Na minha vez, preferi o abraço, rápido mas leal, os corpos se tocando com seus agudos e suaves, o sim e o não em mistura. Marinho, vindo do mar, era bem-chegado e bem-partido, com a sua pele bronzeada, seus cabelos ondulados, os olhos azuis – que, por mais claros, já estavam anoitecendo.

Na manhã seguinte, Nim viu, do açougue que ficava em frente da rodoviária, Marinho e os pais embarcando num ônibus, com as malas batidas e umas caixas de papelão. A mãe entrou primeiro, de mão dada com ele, os olhos úmidos, o pai atrás, o semblante constrito, para onde iriam?

Nós, em dia normal, fomos às aulas na escola e sentimos a falta do Marinho. Mas não de seus lanches vazando queijo prato e presunto, que nos exagerava de vontade. Na hora do recreio, peguei o meu sanduíche de pão com goiabada, Caio o dele com doce de leite, Guto o de carne desfiada, condizentes com a nossa tradição de posses. Podíamos trocá-los, como outras vezes. No entanto, comemos nosso próprio lanche, com o de dentro mais do que conhecido, sem desejarmos o dos outros. A cada um a sua história – e o seu respectivo recheio.

SAPATOS

Antes do outono entrar naquele ano, ainda haveria mais uma situação para sair do poço das alternativas possíveis e se referendar como realidade assombrosa, gerando em mim, de novo e bruscamente, o espanto. Foi numa manhã, em que despertei sozinho, sem o toque e as palavras de minha mãe. Ouvi a voz dela e a do meu pai, não no simples das conversas, mas em atípico sussurro, no meio do qual escutei o nome do Greco. Estranhei mais quando fui tomar o café da manhã e vi a ansiedade no rosto dos dois, insinuando, mesmo com o dia nascido, a vigência de um pesadelo. Demoraram para me dizer o que havia acontecido, como se assim, naquele enquanto, o destino se incumbisse de anulá-lo, esperando que eu terminasse de comer o pão com manteiga e adiando inutilmente, por minutos, a minha surpresa.

Se diante da TV me arrebatava, saindo do fundo de eras longínquas, a sensatez do professor Robinson, de *Perdidos no Espaço*, e a sabedoria dos cientistas do *Túnel do Tempo*, cativava-me mais o Greco, que vivia com a mãe, dona Nair, costureira, na nossa rua mesmo, no sobradinho amarelo três casas para baixo. Bem mais velho do que nós, ele já vivia no país dos adultos, adorava observar o céu à noite, tanto que era o único na cidade que tinha um telescópio, comprado numa loja de importados em Foz do Iguaçu, quando fora com um grupo de turistas da cidade em excursão até lá. Ao regressarem, a grita tinha sido total, as pessoas notaram que a maior parte dos produtos eletrônicos eram falsos, alguns sequer ligavam, havia até casos de se abrir a caixa e não se encontrar aparelho algum, só ripas de madeiras e maços de papéis prensados. Mas o telescópio do Greco – milagre! – era autêntico e funcionava perfeitamente.

Foi ele que me iniciou no culto às estrelas, direcionando e ajustando com paciência a lente do aparelho para que eu visse as Três Marias, o Cruzeiro do Sul, a Ursa Maior, expandindo a minha forma de contemplá-las ao dizer que, juntas, na escuridão do céu, assemelhavam-se a uma plantação de luzes em semente. Com Greco, que era mais do ver do que do esclarecer, eu me convencia mais e mais que existir, como nós e as estrelas, era só existir, não havia ainda, em mim, a febre das explicações. Eu não precisava de nenhum magno saber para ver o mundo e senti-lo ser, no seu mistério, pulsando com a sua beleza e o vetor que lhe dava corda – o da imutável transformação.

Greco completava, assim, os meus aprendizados do cosmos, revelando-me acertos e exageros, em relação às estrelas, na conduta dos Robinson em *Perdidos no Espaço*. Um deles nunca mais me saiu da memória, quando Greco disse que uma nave, se viajasse na velocidade da luz, explodiria, desintegrando-se, a velocidade máxima que ela poderia atingir era "quase" a da luz, mas nunca a da luz. Dali em diante, esse limite do "quase", capaz de garantir uma façanha, ou impedir um desastre, voltaria a me inquietar em muitos momentos da vida: a plenitude era então destruidora?, o auge desencadearia a ruína, o absoluto invariavelmente nos estraçalharia?

Antes que eu fizesse qualquer pergunta – nem era preciso, meu corpo tomara o formato de um ponto de interrogação –, minha mãe abriu o assunto, como quem levanta o tampo de uma caixa, *Filho, seu amigo, o Greco, nosso vizinho, sofreu um acidente ontem com a moto.* Meu pai, sem me permitir, com a notícia, assimilar o coice que dava o meu coração, completou, revelando o conteúdo funesto dessa caixa, *E ele se foi!*

Senti meu pequeno mundo se partir como um graveto. Pela janela da cozinha, eu via um azulejo de céu sem nuvens stratus. Meus olhos lagrimaram. Greco também me fazia entender a natureza das nuvens, para além do fenômeno simplório das chuvas. O inusitado era o fato de elas serem águas suspensas, em estado gasoso, e provocarem descargas elétricas, que resultavam em sons poderosos (os trovões) e desenhos (os relâmpagos) no céu.

Uma noite, quando fomos contemplar as estrelas, vimos no fundo escuro uma correnteza de nuvens em rolo, ofuscando o lume dos astros, elas se moviam em alta velocidade, e tão impetuoso era o vento que as soprava, que se esgarçavam, se desfiavam e logo se tornariam chuva, esgotadas pela sua correria; então, Greco fez um comentário que me surpreendeu, porque correspondia ao que eu estava pensando – e eu não esperava que um adulto coincidisse comigo naquela hora –, ele disse, *Estão com muita pressa, deve ter algo importante lá na frente*, e eu, *Também acho, mas o que pode ser?*, e Greco, *Pode ser uma roça seca pedindo socorro*, sim, as nuvens teriam ouvido o chamado urgente da terra e corriam a toda para lá a fim de regá-la, e Greco, *Ou talvez um açude vazio*, sim, um açude sedento por água, que abasteceria a população de uma vila, *Ou um funeral...*, ele disse, surpreso com as próprias palavras, como se não lhe pertencessem, mas ao seu destino. E completou, *Um funeral com chuva é muito mais triste!*

Mas agora, à mesa, era manhã e o sol resplandecia. Minha mãe se sentou ao meu lado, também desolada, e sendo mãe, sustentava os seus pilares sem enlanguescer. Me deu a mão, sabendo que eu caía de um despenhadeiro. Devia estar pensando na dona Nair, que não era mais a dona Nair que conhecíamos, era, a partir dali, uma mãe sem seu único filho. Meu pai fechou à chave a porta da cozinha, que dava para o quintal e a garagem, para onde eu sempre ia após terminar o café da manhã, e a colocou no bolso. Por quê?

Greco ganhara de um tio abastado, que vivia na capital, a coleção inteira dos *Tesouros da Juventude*. Ela constituía, alinhada com esmero sobre uma bancada, o seu totem. O volume 18, o *Livro dos porquês*, era o nosso preferido. Eu adorava as perguntas ali contidas, *Qual é a natureza dos anéis de Saturno?*, *Do que é feito o sol?*, *Onde está o vento quando não sopra?*. Ficava maquinando trechos das respostas, incrédulo às vezes com a sua simplicidade, e às vezes excitado, tentando compreender a sua rede complexa de sentidos.

E eu tinha as minhas próprias perguntas, flutuando no vácuo que se formava entre a curiosidade e o encantamento, como as nuvens stratus, acima da terra e abaixo do céu, e as expus ao Greco: Por que os gêmeos nasceram daquele jeito? Por que tinham partido (não fora melhor?) tão cedo? Por que o "quase" em certas ocasiões ultrapassava a sua fronteira e os fatos aconteciam, os sonhos desaconteciam? Por que o Marinho na nossa vida, chegando feito uma nave em nosso espaço provinciano, as trocas da nossa convivência, e, poucos meses depois, ele ali no campinho com a mão estendida, para o apertado adeus?

Eu mesmo respondia a essas questões, inspirado no plano das estrelas, como Greco me ensinara, buscando me libertar das respostas e pensar em não explicar as coisas, mas no seu implicar, naquilo que elas resultavam – e aí eu recordava o prazer de nadar no açude no meio dos peixes e dos girinos, só nadar, desenglobado de tudo ao meu redor, imerso inteiramente naquele instante vital. As dúvidas, todavia, continuavam me beliscando. O açude me continha, não era mais só as suas águas, mas eu também nelas, misturado aos peixes e aos girinos.

Greco, com seu faro para a grandeza do cosmos e para a fugacidade das nuvens, captou os meus dilemas e, ajustando a lente de seu outro telescópio, pessoal e invisível, observou-me com demorado cuidado e disse, *O mundo dos astros é igual ao dos átomos.* Deixou que as suas palavras reverberassem um momento, para que eu pudesse me agarrar a elas e minha compreensão subir feito um balão. E, como a minha face continuava interrogativa, eu não alcançava o desdobramento de sua afirmativa, ele pegou um disco de vinil, *Chico Buarque* estava escrito na capa, e colocou na vitrola a faixa *Gente humilde,* dizendo, *Preste atenção na letra!.* Ouvimos uma, duas vezes, e, em seguida, o silêncio se fez entre nós, como uma poça d'água, até secar lentamente. *Agora vamos,* disse Greco, *vamos espiar o céu!* E fomos.

Neil Armstrong havia, meses antes, caminhado na lua. Greco soltara foguete enquanto víamos a transmissão na TV, a satisfação raiava nele, imensa. Depois, haveria de repetir, com motivo ou não, a frase daquele astronauta, toda vez que apontava o seu telescópio para ela, *Um pequeno passo para um homem, um salto gigante para a humanidade.* E, apesar de empolgado com a conquista da Apollo 11, Greco dizia que o salto gigante demoraria para ter efeito no nosso povoado. Havia ali muita gente incrédula e desconfiada que, em vez de considerar um prodígio, achava o fato uma farsa, uma encenação dos americanos para humilhar os russos – sim, maior que a lua, Marte e todos os planetas do sistema solar era a ignorância humana.

Cheguei em casa, naquela noite, com versos da canção cintilando em meu pensamento: *E aí me dá / como uma inveja dessa gente / que vai em frente / sem nem ter com quem contar.* A gente e as estrelas seriam a mesma coisa. Caminharíamos sozinhos, contando, no fundo, só com a gente mesmo? Sim, sim. Mas, simultaneamente, num impulso contrário, eu me repetia baixinho, *Será, será?*

A tristeza se esparramou com o silêncio, sem o ronco da moto do Greco lá fora. Fui para o meu quarto, a vista líquida, flagrando-me minúsculo, a grande vida me observando lá de seu posto. Minha mãe chamou Caio e Guto pelo telefone para me entreter, e logo eles apareceram em casa. Conheciam Greco, não tanto quanto eu, mas também estavam abalados. Com eles ali, lembrei da porta da cozinha fechada, vetando o meu acesso aos fundos. Por quê? Eu não sabia, mas desconfiava. Tomei coragem e propus que me seguissem, não queria colocar meu plano em ação sozinho. Saltamos o muro de minha própria casa, e, já do outro lado, icei meus amigos até a garagem. E, então, a certeza culminou. A um canto, uma mochila e um par de sapatos ensanguentados. Eram do Greco, eu sabia, meu pai me confirmou mais tarde – ele tinha ido com outros homens ao local do acidente e trazido aqueles pertences, a pedido da polícia rodoviária.

Apesar de debilitado, meu pai continuava entre nós, me ensinara a pintar as paredes do meu quarto e me alertou para caprichar sempre no acabamento, qualquer que fosse a tarefa. Meu pai, cuja ausência não me doía ainda sem parar, meu pai que vivia ali, tão perto, se tornaria em breve um planeta inalcançável, mesmo que eu me deslocasse em direção à saudade na "quase" velocidade da luz.

Minha alma se debatia, assustada, querendo evitar mais um abscesso. A morte estava lá, nas coisas do Greco, vagando pela garagem de casa. Fechei os olhos e tentei desenhar o rosto dele, feliz, nas noites de céu estrelado – e, aí, devagar, muito devagar, a vida presente, empurrando as pás de seu moinho e me obrigando a respirar, foi voltando para mim.

Guto percebeu a minha comoção, pegou-me pelo braço, *Vamos!*, disse. Pulamos o muro de volta e nos sentamos nas cadeiras da varanda. Dali dava para ver o sobradinho amarelo do Greco espremido entre as casas. Para me distrair, Caio sugeriu que fôssemos à Fazenda Estrela, no pomar de lá devia ter já, em abundância, as frutas da estação. Mas havia também as casas da colônia abandonadas, o açude naquela época quase seco, as lembranças em desespero.

À saída da cidade, passamos por Adão, a caixa de engraxate num dos ombros, ele partira de sua casa rumo à cidade, cantando baixinho, para si mesmo, como uma reza:

Vou te contar
Os olhos já não podem ver
Coisas que só o coração pode entender

Pegamos o caminho de terra, o odor forte do capim vicejante nos acompanhava, um bloco de pó subia como uma nave ao céu, um redemoinho arrastava palhas e ramos em seu cone convulso.

Enquanto apanhávamos as frutas, na procura pelas mais maduras, a vida centrada naquela ação, dissociada de toda a galharia que compunha o mundo, senti a gente ali como o cascalho que, sendo grão de pedra, se esquece de si, se esquece de tudo, cumprindo a ordem de ser arrastado pelo tempo.

Na volta para casa, passando pelo túnel de eucaliptos e casuarinas à tardinha, eu me desentristeci um instante, distraído que estava pelo meu novo futuro, sem Greco e o seu telescópio, o *Livro dos porquês*, o ronco de sua moto, a mochila e os seus sapatos só na minha dor, não mais na garagem de casa – meu pai na certa já os havia retirado de lá.

Naquela noite choveu, e a manta de nuvens sobre o céu escondeu as estrelas. *Um funeral com chuva é muito mais triste!* Mas Greco nunca mais se apagou do meu coração, que não cessa, *ah!*, de recordar de seus mais queridos (e ausentes) moradores.

AVALANCHE

Os livros de História Antiga e História Moderna registram a existência de cidades vitimadas por terremotos, erupções de vulcão, tsunamis, guerras, ciclones, ou pela fúria de Deus, como Sodoma e Gomorra. Na nossa cidade, tirando, num ano, as pragas do milho e uma tromba d'água que destelhou o galpão da prefeitura e, noutro, dois casos de crianças com meningite – havia uma epidemia no país e, como prevenção, tínhamos de pendurar no pescoço um sachê com folhas de cânfora! –, nenhuma desgraça entraria para o nosso almanaque, senão, ao contrário, uma avalanche, uma avalanche de graças.

Anualmente, o Circo do Palito passava pela região e armava, por um fim de semana apenas, a sua tenda de lona remendada no terreno anexo ao campinho, reservando as turnês prolongadas para as cidades maiores. O velho Palito, segundo meu pai, gostava de parar ali porque havia ainda muita gente morando no campo, em colônias de fazenda, ou pequenas propriedades, sem TV, animadas tão somente pelas festas de colheita, o que garantia ao circo, em suas poucas apresentações, plateia cheia. Todos, inclusive nós, íamos conferir as mesmas manobras das motos no globo da morte, as perigosas acrobacias aéreas dos irmãos Gonzales, e, especialmente, ouvir as mesmas anedotas do palhaço Palitinho.

Por dois anos seguidos, depois que a caravana do Palito foi embora nos seus velhos caminhões, eu e meus amigos inventávamos de fazer um espetáculo na garagem de minha casa, no qual imitávamos, de forma ainda mais tosca, os números do circo. Cobrávamos ingressos das outras crianças, que apareciam em nosso show mambembe e não sei como não se sentiam enganadas. Nosso intuito era ganhar algum dinheiro para comprar brinquedos no Bazar XV, onde íamos sempre que tínhamos uma boa quantia, somada às moedas que conseguíamos vendendo no mercadão municipal as frutas que roubávamos do pomar, sem vigilância, da Fazenda Estrela. Eu fazia as vezes de um dos irmãos acrobatas, armava um balanço, passando uma volta de corda nas duas bordas de uma tábua, e depois as suspendia até o caibro do teto, onde as amarrava com força. Empurrava a tábua num vaivém violento, até que, estando à minha altura, eu nela me atirava, num salto mais performático que perigoso. Continuava impulsionando o balanço, punha-me de pé na tábua, girava meu dorso, numa semi-cambalhota, retornava à posição inicial, tentava plantar bananeira, o que poucas vezes conseguia, mas sempre amealhava umas palmas. Guto, com um chicote nas mãos, mimetizava os gestos de um domador diante de animais selvagens. Caio, maquiado de palhaço, fazia trejeitos, caretas e mímicas que divertia mais a nós, falsos artistas mirins, do que o nosso pequeno público. Foi assim que compramos no Bazar XV as figurinhas do álbum *Alô Brasil*, as miniaturas de carros Matchbox, os bilboquês, as canetinhas Sylvapen, uns decalques que colei no meu caderno de catecismo. Daquela vez, no entanto, desde que cruzara a rua principal da cidade, o carro de som do Circo do Palito se esganiçava em anunciar uma atração excepcional na noite de sábado, tão impensável de se apresentar para nós, que, a princípio, a população julgou se tratar de uma zombaria: Mazzaropi e sua trupe improvisariam no circo o espetáculo *Uma pistola para Djeca*, baseado em seu filme homônimo. Mesmo quando ele entrou na cidade num carro aberto, saudando a todos como se fôssemos íntimos, e sumiu debaixo da lona do circo, e até quando fazia seus chistes iniciais no palco, houve quem desconfiasse que era um impostor chancelado pelo Palito, que, apesar de seu circo chinfrim, jamais se comportara como embusteiro.

Mas era o que era: a verdade. E fomos vivê-la. E foi o que foi: o sublime e insuperável. E, de lá para frente, só se falou em antes e depois do Mazzaropi. Djeca entrou para a nossa crônica social como a avalanche, a efeméride mais importante depois da fundação da cidade. E o fato ficou igualmente cunhado na história da região. Palito havia feito uma campanha de divulgação nos municípios vizinhos; por isso, na tarde do sábado carros e ônibus estranhos começaram a chegar, carregando jovens e crianças que se penduravam nos vidros abertos e acenavam, ululavam, bradavam. Meus primos, Adolfo e Débora, que moravam a cem quilômetros de nós, vieram com tia Vanessa, irmã de minha mãe, que telefonara a ela avisando do show único. O nosso remanso foi dinamitado, a balbúrdia se espalhou como rastilho, e nós, inexperientes ante a magnitude daquele fenômeno, e também aturdidos, colaboramos com a sua disseminação.

Alguém, premido pela ocasião singular, resolveu soltar fogos de artifícios, no que foi copiado por outros, e o céu da cidade se tingiu de centelhas de estrelinhas, girândolas, chuvas de luzes, ao som dos morteiros e dos foguetes de três tiros, que amplificavam a atmosfera festiva, levando todos a provar, por contágio, um tipo de vertigem bem-vinda.

No Cine Éden, havíamos visto nas matinês, revezando com *Maciste no vale dos reis*, *O dólar furado*, *Três balas para Ringo* e *Django*, dois filmes do Mazzaropi: *Jeca Tatu* e *O vendedor de linguiça*. Tinham arrebatado não só os pequenos, mas também os adultos, motivo pelo qual permaneceram em cartaz por sucessivos fins de semana.

Assim, a expectativa de ver o Mazzaropi ao vivo era tanta que os moradores saíram às ruas horas antes do espetáculo, ninguém permaneceu em casa, uns pais empurravam os carrinhos com seus bebês, outros carregavam os filhos no colo, nas costas ou empoleirados no pescoço, os casais de mãos dadas iam a passo rápido, um rebocando o outro, os idosos seguiam amparados em suas bengalas ou no braço de familiares, sendo ultrapassados pelos pipoqueiros, vendedores d' água e de capas de chuva, e vigiados pela viatura da polícia que ali tinha pouco a fazer, só zelar pela felicidade coletiva. O movimento caótico, no entanto, constituía um atrativo extra, nem nas maiores quermesses da Igreja Matriz se viu tanto alarde nas ruas, não havia quem pudesse deter o massacre da alegria que se anunciava. A lona do Circo do Palito estava lavada como nova: apesar dos pontos cerzidos, cordões de luzinhas coloridas pendiam nos quatro cantos da tenda e postes com lâmpadas amarelas potentes cercavam as imediações. As pessoas se aglomeravam ruidosamente em duas filas, uma diante do guichê da bilheteria e outra no portão de entrada, onde avultava um cartaz com a foto do Mazzaropi em seus trajes de jeca. Do alto-falante instalado no mastro da tenda, junto a uma bandeira com a imagem do palhaço Palitinho flamejando ao vento, saía uma música triste, contraposta à euforia do momento, e sua letra, de certa forma, fortalecia nosso júbilo, ratificando seu reinado àquela noite indestrutível – anos mais tarde descobri, a canção era de Taiguara, incluída depois por Adão em seu repertório –, e os acordes, na mais alta gradação, *Trago em meu corpo as marcas do meu tempo/ Meu desespero, a vida num momento,* subiàm ao céu, como se fosse pouco para a grandiosidade do evento a música ficar só na base do chão e aspirasse, sem modéstia, à audiência também das nuvens e das estrelas. *Para quê? Para que Deus criou o homem?,* me perguntei, lembrando do catecismo, quando passei flutuando pelo portão estreito em direção à arquibancada, não metaforicamente, mas de fato suspenso pela minha mãe e pela tia Vanessa que formavam um cordão com

Débora e Adolfo na outra ponta, eu não sentia os pés no chão, a força dos que vinham atrás e dos lados nos espremia, movendo-nos como pistões.

Não houve nenhuma outra função, os artistas do circo, os irmãos Gonzales, as lindas (para os meus olhos) equilibristas, os motociclistas do globo da morte, o velho Palito, o seu filho (o palhaço Palitinho), o pessoal dos bastidores, todos estavam de folga, alinhados nas primeiras fileiras, junto ao público comum, para se deleitar com o Jeca.

Uma vez anunciado o início do show, cada um ali presente se conteve, gerando um silêncio simultâneo, como o dos seres de um vale que emudecem ao pressentir a iminência de algo grande e inevitável. Em seguida, canhões de luz se moveram, desesperados, pelo palco, até se fixarem no Mazzaropi que se materializou, andando lá do jeito dele, destrambelhado, o caubói Djeca era engraçado só de ver – e, então, a montanha de aplausos, segura por um fiapo de suspense, desabou.

Durante duas horas o Mazzaropi aprontou das suas, contracenando com os atores de sua comitiva e lançando palavras-cócegas e provocações à plateia, que respondia, sem o habitual decoro, entregue ao alargamento; as altas temperaturas do fascínio derretiam a timidez de todos. Em comparação com os filmes, o Djeca ao vivo era a comédia nua, sem o véu ilusionista do cinema, ali o mundo vigorava às claras, e os erros de interpretação, reais ou previstos no roteiro, iam alimentando uma corrente de risos que só engrossava, engrossava, destinada a atingir a camada mais espessa da alegria.

Estávamos ébrios por um sorvedouro de graça incessante, como se o tempo normal, suspenso, cedesse espaço para o absoluto. Eu ria tanto do Mazzaropi que as águas, represadas nos meus olhos, verteram, quando de permeio me lembrei de meu pai. Ele estava lá no absoluto e me lembrei do que ele dizia: era fácil fazer as pessoas chorarem, bastava uma palavra, um tapa, uma gilete. O difícil era fazê-las rir.

Nim gargalhava, minha mãe idem – desde que meu pai morrera, eu não a via tão feliz, ainda que fosse um feliz fugaz; a vida, que nela se tornara opaca, fulgurava –, Caio quase perdia o fôlego, a face em fogo, e, numa extremidade da nossa fileira, Tereza ria que ria, sem o peso das palavras grandiosas do Senhor, a um palmo do palco onde o Mazzaropi nos divertia com a sua aparência, a calça pula-brejo, a camisa de cor berrante, os cabelos assustados, a imensa pistola no coldre, e muito mais quando dizia o que dizia, as coisas do Jeca, do Pedro Malazarte e do Django misturadas. O leiteiro, tio do Caio, austero, eis que ria às lágrimas, e Guto, o pai e a mãe dele, Adolfo e Débora, tia Vanessa também, e só de ver todos alegres, até os cachorros sem dono abanavam o rabo como hélices, eu me senti num estado de amplidão antes inatingível e tive ganas de gritar como naquela tarde em que atolamos o carro indo para a Santa Amélia e a chuva latejava em nossas costas e nos ungia num novo batismo; estávamos unidos pelo feitiço da graça, não a graça divinal, mas a dos mortais, e ela crescia no meu corpo inteiro, espichava minha espinha dorsal, meus músculos, minha pele, como as estrelas que iriam morrer – Greco dizia que elas, antes de explodir, expandiam-se, esgarçavam-se, ultrapassando o limite que suportava a vida, o milímetro adiante que já não era a vida, mas o milímetro, primeiro, da ação manifesta do fim.

Hipnotizados pelo Mazzaropi, senti que nós ali vivemos muito e morremos pouco, deixando num dos pratos da balança uns gramas de tempo a mais do que o previsto para o prazo de nossa existência. Esquecemos, por algumas horas, graças àquele homem hilário, os nossos mortos, as nossas mazelas, a nossa finitude. Era o óbvio, mas o óbvio para mim ainda não havia se mostrado com tanta nitidez: a ventura, como uma avalanche, era feita do deslizamento de grãos e mais grãos de nada. Um nada, contudo, capaz de unir milagrosamente uma pequena comunidade, mesmo que por uma única vez. *Ah!* Quanto peso acumulado em dias tristes não deixamos no chão para ter, naquela noite, a leveza!

MARIA

Foi em maio que se deu, e o que se deu ficou colado a essa meia-estação, porque ainda fazia calor, e nele se infiltrava um friozinho, e os dois trançavam um clima que me alegrava – meio verão, meio outono –, a natureza se exibindo em flor, um verde de nobre matiz, e lindos eram os entardeceres: eu às vezes os assistia no seu ápice, indo à casa do Greco, eu na órbita de momentos notáveis, os astros latejando no fundo do telescópio apontado para o céu azul-escuro. Foi em maio que se deu, e era ela, Maria Olga, para mim só Maria. Eu já sabia dela, há alguns meses, quando chegara com a família à cidade, como antes o Marinho, e eu a via correr no coreto da praça, enlouquecida pela banda que, furiosa, tocava velhas marchinhas de Carnaval. Eu me lembrava de sua face sardenta, quando voltava da escola, com Caio e Guto, e não a encontrava entre as outras meninas, nem percebia que eu provava desde cedo o sal da solidão.

Deu-se, porque temos a vista pequena para o que está à frente, captando apenas seus ângulos óbvios, e, não notamos, no outro extremo, as suas cintilâncias – daí que a nossa sina, a nossa situação precária, não pode ser captada tão facilmente. Deu-se, continua a se dar, com outras pessoas e, naquele maio, deu-se comigo: o eterno sobre o efêmero, um amor de infância embaixo do nunca mais.

Deu-se inesperadamente, um dia, como o estalido de uma lenha na fogueira que nos chama a atenção. Deu-se num de repente devagar: eu a vi diferente, sendo, a pouco e pouco, uma nova Maria (na mesma que até então eu conhecia). Foi, no entanto, um ver definitivo, que me tomou todo. Era aniversário de Lara, prima do Caio, e estávamos no quintal da casa dela, nas nossas melhores roupas, crescendo, como a relva, sem que ninguém percebesse, a soltar nossos gritos de júbilo, correndo um atrás do outro, entre um copo de Q-Suco e os salgadinhos servidos antes do bolo.

E quando eu a vi daquele jeito, entre Lara e outra menina, com as tranças ladeando a cabeça, o riso solto para mim, na verdade para todos, por ser o riso dela no seu costumeiro, eu queria vê-la a todo instante até o fim da festa (e dos tempos), eu pairei na ingenuidade de quem sonha, sem querer, com o perpétuo. Sentia, concomitante, o instintivo temor do fogo, de me aproximar demais, e, em vez de desfrutar de seu calor benfazejo, recolher-me com queimaduras. Era o querer, com suas contradições, misturando divisas, ainda na sua origem, que me escolhera. A parte um, a grandeza que eu pensava ser já o tudo, aquele sentir imenso, por ela, o maior da descoberta, era só o início, porque aquele sentir imenso cabia unicamente a mim, fruto das minhas limitações.

Não, não me cansava de vê-la, a face sardenta, como um céu claro polvilhado de estrelinhas negras, o que me enjoava era o que não era ela, o que os meus olhos miravam sem registrar os seus vestígios, o mundo ao redor com o seu tudo: as casas, as ruas, as pessoas. E, quando não estávamos juntos, eu a chamava à imaginação, sonhando que me transformava em Maciste e a salvava, só para me salvar por não a ter. Eu pegava a foto 3x4 que Maria me presenteara e ficava mirando-a até que, fechando os olhos, sentisse que ela sorria dentro de mim.

Eu tinha descoberto que a proeza, o admirável feito, como as soluções fantásticas dos cientistas em *O Túnel do Tempo*, ou as manobras salvadoras dos Robinson em *Perdidos no Espaço*, era estar ali, com ela, na conversa pequena, *Gosto só da goiaba vermelha!; Maria, você parece A Feiticeira!; Que país você gostaria de conhecer?; O Japão e você?; A Espanha!* Éramos os dois das miudezas, como as formigas; às nossas costas, no céu, o imenso círculo laranja do sol. Tão surpreendente poder gostar de alguém que não tinha as nossas preferências: eu a maçã, Maria a pera, eu as estrelas, Maria as abelhas; nós dois a caminho, eu do homem que seria lá adiante (com ela no fundo do oceano da saudade) e ela da mulher Maria (que talvez, um dia, se recordasse do primeiro menino de sua vida). No distante futuro, eu haveria de amar esse nome, Maria, com toda a gratidão por ela, a cada vez que entrasse ou saísse de um amor, incipiente ou maduro.

Mas, enquanto isso, estávamos lá, movendo-nos no nosso cotidiano infantil, na feliz condição dos que se julgam incapazes de compreender tanto a finitude quanto a eternidade. Maria em um só pé, saltava as casas numeradas do jogo da amarelinha, levando-se do inferno ao paraíso. Maria fazendo lição comigo: pintava o mapa-múndi com apuro, mordia os lábios de leve como se, com eles, contornasse a ponta dos lápis de cor. Maria me acenava do carro de seu pai, promotor da cidade. Maria levava a sua boneca Susi na mochila da escola, sem receio de ser menina. Maria me sapecava um beijo no rosto, e eu enrubescia de ponta a ponta.

Então, vieram os ensaios para a quadrilha da festa junina, em que não fiz par com Maria, mas eu a via, quando me esbarrava de braço dado com o menino que fingia ser seu companheiro, e notei que ela me via de modo idêntico, querendo me sorrir, e sorrindo para si na certeza de que eu o percebia, ela lançava no ar as tranças, erguia o rosto sardento, e me flagrava, no fundo de seus olhos azuis, escrevendo um texto que só eu sabia traduzir.

Deu-se, então, a parte dois, a dádiva imprevista: não apenas eu sentia aquele imenso, mas ela também, e graças a mim, em idêntico parâmetro, o um mais um para além da soma esperada. Aqueles meus frêmitos, mal abafados, não eram regalias do meu egoísmo, que os produzia, aos montes: Maria os tinha em igual medida – nossos dois pesos, se separados, eram penosos; juntos, tornavam-se plumas.

Seria dali em diante, pela minha vida inteira, aquela prazerosa aflição, com outras marias, mas eu não sabia que, no princípio, era só eu e ela, o frenesi permanente, ora o remanso de estar juntos, ora a inquietude de não estar – e pensar nela ininterruptamente, desejando que se corporificasse, de súbito, onde eu estivesse.

Eu queria lhe dizer o que eu não sabia ainda dizer, por isso me contentava em ficar quieto, ouvindo a nossa respiração, olhando para o chão, mas pensando nas tranças de Maria quase a roçarem meu ombro. Eu sentia que o meu quieto, em suma, estava dizendo o que eu queria dizer mas ainda não sabia. Essa insuficiência me pareceu, se não uma forma de sabedoria, então um ensinamento cabal, uma graça que me enternecia e também me exasperava. Acalmaram-me as precisas palavras do meu avô: *Quanto mais amor, menos precisamos falar.*

Por vezes, conversávamos, rasgando como folha de papel o nosso mutismo, embora eu não me lembre o que dizíamos, que tantos eram os nossos assuntos, porque as palavras se descolam com o passar da memória, as palavras podem ser substituídas por outras para dizer o que foi originalmente dito, mas os sentimentos que ensejaram, eu bem me lembro, os sentimentos jamais se modificaram, são o que são na hora vivida e na evocada. Estão lá, definidos, sem equívoco algum – a felicidade, o êxtase, o meu medo de não sentir mais o que sentia por ela com sinceridade: o doce presente, o supérfluo que era tudo o que não se referia a Maria.

Mas, ao fim daqueles meses, a força contrária ao meu entusiasmo, presa no poço da compaixão, libertou-se outra vez, emergindo com a rude notícia: o pai dela seria transferido para outra cidade, nas lonjuras do Planalto Central. E o *quando*, que poderia ser prazo longo para serenar meu susto, era o *já*, no meio do nosso ano escolar. A realidade me dava mais uma prova de que não negociava com os meus sonhos.

Perigo, perigo! Era a reviravolta impiedosa, o vértice agudo, o fim repentino, sem prorrogação, o sentir imenso a se transformar no imenso ressentimento.

Minha mãe obteve com o pai dela o endereço da cidade para onde ele tinha sido transferido, a fim de que a gente se correspondesse, Maria e eu. Os adultos com suas pontes diáfanas de esperanças; cientes, contudo, de que o tempo indubitavelmente as desmoronaria. Escrever cartas para Maria seria como deixar a luz acesa nos postes das ruas durante o dia, ingênua provocação ao esplendor do sol. Dispensáveis seriam todas as cartas-respostas dela, porque nenhuma abrandaria a minha angústia. Era, para sempre, a despedida. Assim ocorria em todas as iniciações: os olhos, úmidos pela repentina felicidade, e, em seguida (dias ou anos), lavados pela ausência.

A vida sem ela sobreveio e me empurrou para o mês seguinte e para outro e outro e outro. A gente se dói, chora, se consola – e se habitua com os vazios da nossa história, que a nenhuma réstia de vida pode mais se misturar.

Lentamente, embora contra o meu querer, ela foi se dissipando, sem deixar ainda de ocupar, como um átomo intocável, o meu imaginário. A escuridão do meu esquecimento – que, por sorte, apaga alguns fachos do passado – a cercou por todos os lados. Até que, certa noite, a pedido de minha mãe, fui comprar ovos no mercadinho da rua de casa, esquina com a rua principal. Lá, engraxando o sapato de um homem, Adão cantava uns versos que, depois eu soube, eram da canção *Olha Maria:*

Vai, alegria
Que a vida, Maria
Não passa de um dia
Não vou te prender
Corre, Maria
Que a vida não espera
É uma primavera
Não podes perder

Os braços brancos, as sardas no rosto, as tranças no cabelo, a recordação dela me cortou como o fio de uma espada, dilacerante. Por quê? Não havia resposta no *Livro dos Porquês*. Maria tinha sido o começo da dor misturada ao contentamento que eu iria sentir, com invariável espanto, outras vezes na vida. Mas, àquela hora, numa epifania às avessas, eu só tinha a oferecer a mim e a ela, meu primeiro amor, a nossa agonia.

BARRO

Outro episódio que saltou da virtualidade dos não-fatos
– que lá estavam, no fundo, para ser ou não ser e, por
acaso ou por ordem do inevitável, foram preteridos pela
realidade e goraram como traques, resultando em nada
ser –, foi o daquela tarde em que fomos (não fomos) à
Santa Amélia: a fazenda de terras a se perder no limi-
tado do olhar, quase uma cidade, com sua organização
própria, peões e famílias vivendo em bonitas casas da
colônia, capela nova onde se rezava missa nos fins de
semana, campo de futebol, longas fileiras de bambu
ornando a porteira, o variado plantio de arroz, soja,
cana, café, fazendo o verde oscilar em diferentes tons,
o claro-claro, o claro-escuro, o escuro-claro e o escuro-
-escuro como se pontilhado e retocado o tempo inteiro
por um pincel moroso, e no mais alto, assistindo lá de
cima ao movimento trançado dos empregados e dos
tratores pelas áreas aradas, com a leal companhia dos
cachorros e do gado, a imponente casa da sede.

A Santa Amélia, no entanto, era longe, ir a pé, a
cavalo ou de bicicleta só para um dia contarmos de
orgulho em punho, no raro de uma conversa de aventuras. E, claro, sem a permissão dos nossos pais, que
jamais poderiam saber de tal inconfidência de e por seus

próprios filhos – talvez só no futuro, quando já adultos nós e envelhecidos eles.

Mas, sendo o pai do Guto, com seu Corcel, o motorista e responsável, os riscos se reduziam, ia à frente a sua generosidade por nos elevar, meninos, ao seu grau de interesse de conhecer uma propriedade famosa da região. Saímos depois do almoço, viagem de quase uma hora de carro, Nim no banco do navegador, eu, Guto e Caio no banco de trás, espremidos na nossa satisfação, mas espaçosos no Corcel, que passava demais de rápido pelo túnel de eucaliptos e casuarinas, lugar que, quando atravessávamos, caminhando, era povoado por velhas novidades, que sempre se atualizavam – os pássaros se ocultando na folhagem às alturas, e, ao chão, despontando as margaridas em meio aos brotos de mato, os lírios nos trechos úmidos do acostamento, os pedregulhos reluzentes, as teias de aranhas nos arbustos.

Eu gostava de pensar que as árvores, os lotes de capim, as ervas rasteiras, a grama grossa correndo solta pelo campo estavam ali, presentes, conversando na sua língua de plantas, assim como nós, dentro do carro, lançando um ao outro, e para todos, palavras que só valiam para aquele deslocamento, o fixo e o móvel em intercâmbio, traduzindo-se, os vegetais, os bichos e as gentes no caminho, com seu silêncio, dizendo, *Aqui estamos e vamos, vamos vivendo!*

Tão diferente o mundo em nós sem intermediários, o corpo pertencente também às paragens, liberto de paredes, e daquela caixa de lataria e vidros. Mas, na outra ponta, compensatória, a velocidade do Corcel, o conforto de estarmos sentados, os músculos em repouso, servidos pelas distâncias que se encompridavam depressa lá atrás.

E eis que cruzamos também com novas novidades – a primeira sendo um velho à beira da estrada, roupas de homem do campo, chapéu surrado na cabeça, miudinho de longe quando o vimos, e ainda miúdo quando dele nos acercamos, o pai do Guto desacelerando por cautela, até parar, os dois se mirando e se medindo, em recíproco respeito. Umas palavras saíram e entraram pela janela aberta do motorista; o velho perguntou para onde a gente ia, o pai do Guto respondeu, *Vamos pra Santa Amélia*, que era depois do destino dele, o velho disse morar perto da pedreira, e, emendando, perguntou se podíamos lhe dar uma carona. Se apertássemos, nós três, colando as pernas, no banco de trás, era provável que ele coubesse, mas o pai do Guto respondeu que o carro estava cheio, que o senhor desculpasse; um para o outro acenaram e deram aquele tipo de adeus que era ao mesmo tempo cortesia e indiferença, e seguimos, deixando aquele encontro descer logo para o andar das coisas que aguardam o descarte.

Alguns minutos adiante, a segunda nova novidade na viagem, porque outras vezes, a todos, já sucedera algo similar: o tempo, como o vento, mudou de opinião e resolveu se mostrar ao reverso: o sol fora solapado num instante por nuvens negras (e não eram stratus, mas, sim, cumulonimbus ameaçadoras), a tarde anoiteceu abruptamente, o lá adiante da estrada se pusera inteiro escuro e temível.

Cumprindo seu óbvio anúncio, a tempestade desabou como um rochedo líquido sobre a faixa da paisagem onde o Corcel não era senão um ponto frágil, mas valente, avançando devagar. Avançando devagar, até que rateou numa poça de lama desproporcional, os pneus patinaram, o motor rugiu, forçando as rotações, mas, num instante, parou, vencido, o lodaçal calando os seus vãos bramidos, enquanto o barulho da chuva alagava nossos ouvidos.

Submundo!, disse o pai do Guto, e ordenou que saíssemos do carro e o empurrássemos, à medida que ele acelerasse. Nim abriu a porta no ato, fomos em seu encalço, e, juntos, num único empuxo de pernas e braços, nos lançamos em ação, sob a tromba d'água que nos espancava da cabeça aos pés, já enlameados. *Submundo!*. E, apesar da surra aquática persistir, eu me sentia leve como uma pena querendo ascender aos ares. Reparei que as veias do pescoço do Nim tensionavam como cordas, ele se agarrara à responsabilidade de, na condição de mais forte, ser o único capaz de tirar o carro dali; mas eu, Caio e Guto dávamos a nossa contribuição, comprometidos com o esforço de garantir o pouco que, somado ao muito, alcançaria o suficiente.

O suficiente que, no nosso caso, exigia, para ser atingido, mais do que tínhamos a dar. Tentamos outras investidas, com estratégia e cadência combinadas com o pai do Guto, e ele, em todas, aos berros, nos incitava a botar mais força, embora parecesse satisfeito com o impasse e a sua irresolução, talvez julgando que o imprevisto nos concedera experiência melhor do que conferir as anunciadas maravilhas da Santa Amélia.

E a chuva vinha que vinha, em tensão crescente, as gotas pesadas estapeavam nossa cara imunda de barro, e as poças d'água, erodindo a estrada, ganhavam terreno ao redor do Corcel, mais atolado do que antes pela teimosia do pai do Guto. O que poderia ser a má hora, no entanto, se revelou a hora maviosa, solapando o prejuízo, incitando em nós, filhos felizes do aguaceiro, o prazer da roupa ensopada, da tormenta nas costas. Ou seja: aconteceu a revoltavira, o pedaço da história ruim se rebelou, transmutando-se em seu trecho bom, o melhor do possível.

Tanto que tivemos de ajustar nossa vida nos largos daquele acontecimento, em princípio estreito, às linhas demarcatórias do destino, tirando dele o excesso de mundo e nos acolhendo naquela incisão da paisagem. Como Caio gritasse a gosto e por arruaça, e seu grito me alvoroçasse, me deu gana de imitá-lo – e gritei! E aí os gritos foram saindo de todos, e se emaranharam, se inflamaram, fortalecendo mais e mais até o máximo a nossa molhada alegria, tornando-a invulnerável à tempestade e indestrutível na memória daquela tarde.

E, aí, a segunda revoltavira: o Corcel não sairia dali pelo nosso engenho, de eficiência reprovada, somente com alavanca de caminhão, trator ou guincho, dizia o pai do Guto, vencido, mas, como nós, *Submundo!*, divertindo-se, no risível da circunstância – quando, de súbito, ao nosso lado, chegou no seu passo resignado o velho a quem havíamos negado carona, e que poderia cuidar de sua vida quase toda já vivida, seguindo o seu caminho, rumo à pedreira. Mas não. Ele viu o visto: nós enlameados e rindo, aos gritos, certos de que o Corcel seria rebocado só com ajuda robusta, e ele, velho fragilzinho, encharcado de chuva, parou, e parou como quem gostava do que via, e se via que era do mesmo momento, e se via que seria erro do destino, em si perpetrado, não viver o que se apresentava.

O velho nada fez fora do exequível, tirando um segredo do bolso, não, e, todavia, nem tínhamos pensado em tal saída: sinalizou para o Nim, que o volteou e passou a entender os seus gestos; ambos ergueram a custo uma pedra pesada e a colocaram à frente do pneu do Corcel que afundara na lama. O velho acenou para o pai do Guto, que acelerou e acelerou, como antes, mas, daquela vez, o pneu derrapou na pedra, derrapou de novo, e aí – viva! – encontrou nela o atrito, que lhe serviu de alavanca para tirá-lo do sorvedouro e seguir, rabiando, uns metros.

Corremos atrás do carro, eufóricos, assobiando e regritando, felizes. Entramos e retornamos aos nossos lugares, emporcalhando, com as roupas e os tênis imundos, o interior do Corcel. Mas, ao contrário do que acontecera em outras ocasiões daquele ano, em que eu tinha vivido pouco e morrido muito, senti que ali estava vivendo muito e morrendo pouco. Fatos anteriores tinham me aberto feridas; aquele me abrira sorrisos.

E a chuva continuava, feroz. O pai do Guto contornou a estrada e embicou o carro na direção da cidade, era melhor voltarmos para casa, Santa Amélia ia ficar para a próxima vez. A manobra foi lenta e cuidadosa, e, assim, deu para a gente ver o velho, a quem agradecemos pelo auxílio, cada um a seu modo, *Valeu; Valeu; Obrigado; Obrigado; Deus lhe pague...*

Fiquei olhando-o ir embora, olhando, olhando, e continuei vendo-o desaparecer na branca bruma. Via-o como via todas as noites, os olhos fechados antes do sono, o meu pai me sorrindo na escadaria de casa, o retrato 3x4 de Maria, os gêmeos imóveis em suas cadeiras de rodas, os sapatos ensanguentados do Greco. Com o coração estranhamente aquecido, senti um querer bem aquele barro com o qual havíamos (o velho também) nos sujado. O barro era uma bênção como a chuva fria sobre nós: terra e água, água e terra, terra e água e nós, nós nelas misturados, terra e água, água e terra – nós.

FÉ

Iniciei também, naquele ano, as aulas de catecismo na casa de Tereza, moça nomeada pelo bispo da região para doutrinar as crianças da nossa cidade. O método de ensino, simples e universal, era de perguntas e respostas. Para que Deus criou o homem? Por que existe o mal e a morte? Quem foram os nossos primeiros pais? O que é o pecado original? Quem é o redentor e o reconciliador dos homens? Que lugar a Santíssima Virgem Maria ocupa no Plano de Reconciliação?

Método que, depois, incorporei como artimanha para fugir do desamparo e passei a me fazer perguntas, a qualquer hora, tentando encontrar as respostas, como se pudessem me levar a segredos supremos. Pintando as paredes do meu quarto com meu pai, me perguntei: *Por que é tão bom estarmos aqui?* Na garagem de casa, naquela manhã incomum: *O que os sapatos do Greco estão fazendo aqui?* Sentindo, certa noite, uma inexplicável tristeza: *Quando vou me reconciliar com o mundo?* Pensando em Maria, não a santíssima, mas a minha Maria, de existência rasteira, meu primeiro amor, a menina dos meus dias profanos: *Por que estar com ela me acalma, e não estar me atordoa?* Nadando, alegremente, nos dias efervescentes de verão, com Caio e Guto no açude entre os peixes e os girinos: *Será que essas águas vão gerar outras, dos meus olhos, no futuro?* Eu saía de casa meia hora antes da aula, com tempo para enfrentar imprevistos que poderiam me atrasar, como se estivesse num campo minado de atrativos, e não num povoado em que o tédio governava até os sonhadores. Era a minha maneira de combater a ansiedade que me tomava sempre diante de um compromisso. No caminho, eu me punha a pensar no que iria viver dali a pouco, mesmo sabendo que não haveria coincidência entre o meu pensamento – que, às vezes, formava-se não só em minha mente, mas em meu corpo inteiro, a ponto de sentir os acontecimentos correndo em minha corrente sanguínea antes de vivê-los – e a realidade pobre ou rica em pormenores.

Descia a rua principal, passava pela farmácia, contornava o mercadão municipal e a casa que, tempos depois, abrigaria a Panificadora De Ville. Era sempre o primeiro a chegar na casa de Tereza, que nos aguardava com bolachas de nata e suco de tamarindo – e nos servia, pacientemente, com seus gestos maternais. Na área dos fundos, onde ela nos recebia, uma dúzia de crianças em círculo, eu me sentia sozinho no começo, sem os meus amigos. A mãe do Caio havia dito para a minha que planejava colocá-lo no catecismo no ano seguinte. Já o Guto, por que não fora aprender comigo a palavra de Cristo? Porque seus pais não eram católicos, mas crentes. Eu sabia que o Nim não fizera a Primeira Comunhão, nem fora crismado. E, pelo que eu notava, Guto seguiria o caminho do irmão. Eram as pequenas diferenças, desprezíveis se comparadas a outras, maiores, que existiam entre nós e nos mantinham amigos – mas que, adiante, nos afastariam.

Tereza fazia uma pergunta para o grupo, a fim de sondar o tamanho do nosso desconhecimento. *O que é a ressurreição da carne?* O silêncio pousava como um pássaro, sorrateiro, sobre nós. O respeito e o medo nos travava a língua. Um menino, menos tímido ou mais afoito, esboçava a resposta, quase sempre errada ou incompleta. Ela, então, explicava, humilde, mas incisiva: *Ressurreição da carne significa que Cristo ressuscitou. Assim, nós também ressuscitaremos no fim do mundo. Nossas almas vão se unir aos nossos corpos e nunca mais morreremos.*

Depois dos primeiros encontros na casa de Tereza, as perguntas e as respostas relativas à parte inaugural do catecismo, *A Obra da Reconciliação*, seguiu-se uma procissão de datas que me maravilharam tanto quanto me afligiram, o Domingo de Ramos, a Sexta-feira da Paixão, o Sábado da Aleluia, a Páscoa, o Corpus Christi, cujos sentidos foram clareando vagarosamente para mim.

Na Sexta-feira da Paixão, o som das matracas me amedrontaram. No Sábado da Aleluia, vi a violência na forma do boneco de Judas sendo estraçalhado nas ruas. *Onde estão os mansos?*, me perguntei. No Domingo de Páscoa, pensei em seu significado, como Tereza nos ensinara: o renascimento de Cristo. Data oportuna também para nascermos de novo. À noite, antes de dormir, considerei se havia algo em minha vida, sentimentos ou lembranças, que, alinhando-se com aquela conjunção cósmica, eu poderia tentar ressuscitar. Mas o que estava morto em mim se manteve morto. *Deus é a perfeição*, Tereza dizia. *Ele fez o mundo perfeito.* Antes da criação do mundo, a desordem dominava e, estabelecida na sua totalidade, como era na minha cabeça – seria também na mente de Deus? –, comportava todos os astros, ainda não astros, misturados numa sopa de matéria, sob a ação de forças confusas e difusas, a bondade e o poder desagregador se atraíam e se atavam, o nada e o tudo boiavam no caos, sem ser o nada e o tudo de então, mas, aos poucos, dele iam se desatando pelo verbo divino – *Faça-se a luz!*

Minha alma se embevecia com a narrativa da Tereza, era tão bonito que a harmonia do universo viesse da palavra, princípio que unia e dissociava, que mestiçava as coisas e os seres e os extremava, para o bem comum e o equilíbrio do todo. Eu amava quando ela lia, sem pressa, as bem-aventuranças, pausando entre uma e outra, para que a nossa compreensão subisse um nível e a fé extravasasse. Bem-aventurados os pobres de espírito, porque deles é o Reino dos Céus. Bem-aventurados os mansos porque herdarão a terra. Bem-aventurados os que choram, porque serão consolados.

Eu voltava para casa invariavelmente aceso pelas suas lições, aturdido pelos conhecimentos novos, que me laceavam a imaginação, e, não raro, perplexo com as afirmativas veementes de Tereza. Tanto que, quando duvidava delas, achava que o céu evitava me mirar lá de cima, com a sua imensidão azul, cheio de nuvens stratus, como se a minha hesitação o conspurcasse, e me ver desafiar o grande mistério da igreja o indignasse. Sim, se o resplendor da vida eterna me excitava, a liturgia da morte se tornou aos poucos, mas decisivamente, a minha bem-aventurança preferida. A única, em verdade, dispensando todas as demais do Compêndio do Plano de Deus para o Homem. Ali, no círculo de crianças ao redor de Tereza, formou-se em mim a certeza de que a eternidade era uma ideia bonita mas perversa, embora eu não a entendesse daquela maneira, não tinha então os meios de expressão para me explicar. A eternidade era o bem e o mal juntos, centrifugados. Assim como anjo e demônio eram um único ser. Ali me dei conta, de forma obscura e sem a justa linguagem para me elucidar à época, que estamos condenados a viver e a morrer, condição que ora nos agradava, ora nos agredia; o dilema era que, poucas vezes, ela coincidia com o nosso estado de espírito. Eu gostaria de ter crescido na companhia do meu pai, mas ele tinha partido cedo. Os gêmeos também, e Greco, Maria e Marinho (não para sempre, mas inegavelmente para sempre da minha infância). Morrer e viver se misturavam, um era ingrediente do caldo do outro, e, assim, íamos vivendo e morrendo, aos poucos, e a toda hora, entre perguntas e não respostas. Cada vida humana era uma quase insignificância, mas, também, uma vitória sobre a inutilidade.

Fui aprender naquelas aulas como acreditar sem provas e a não duvidar jamais, mas, ironicamente, lá a minha fé tropeçou pela primeira vez e o meu coração começou a registrar as falácias da esperança. Naquelas aulas, galguei altos encantamentos e, ao mesmo tempo, ganhei a desolação que segue espetada em meu juízo.

NÉVOA

César, noivo de Téreza, me recordou o inverno daquele ano, que se estendeu forte até setembro. As manhãs nasciam envoltas numa névoa que, apesar de fina e se dissipar por si mesma, antes do ingresso do sol, era alva e espessa e nos impedia de ver o contorno das coisas. Com a marcha dos minutos, as casas e as ruas reapareciam devagar, definindo suas linhas, como as fotos no líquido revelador. Meu pai explicava a presença da névoa pela altitude da cidade, fundada num terreno em relevo, *Todo planalto tem a sua neblina*, ele dizia, *E toda neblina tem o seu planalto*, completava, e eu mentalmente me dizia, premido pela mania de não saber separar, *Planalto e neblina estão misturados*. Pelo menos naquelas manhãs frias era assim, não conseguíamos, à primeira hora, distinguir a névoa das coisas que ela ocultava, não havia como apanhá-la com uma pinça e deixar à mostra só a não-paisagem.

Eu conhecia César de vista, e ele sabia quem eram os meus pais, todos ali eram meio próximos, mesmo os distantes: éramos uma comunidade menor do que a dos cupins que viviam nas lavras das fazendas e dos sítios no entorno do povoado. César possuía uma pequena gráfica que imprimia convites de casamento, cartões de visitas e folhetos comerciais. Escrevia uma coluna no jornal da cidade, um semanário distribuído aos assinantes nos sábados, rodado também em sua máquina de linotipo, herdada do pai. Eu o admirava e a todos que tinham habilidade com as palavras. Elas me encantavam e me atemorizavam, e, depois que aprendi a ler e a escrever, passava horas anotando num caderno as suas espécies, que eu mesmo concebia: palavras ensolaradas e noturnas, transparentes e opacas, lisas e rugosas, palavras-chave e palavras-fechadura, répteis e voadoras, palavras gordas e magras, e, conforme eu me embrenhava em novas leituras, as categorias aumentavam. Minha mãe achava criativas aquelas invenções, quando não divertidas. *O que é uma palavra-abelha*, ela me perguntava? *Uma palavra doce como mel?* E eu, *Sim, mãe, mas também uma palavra que pica.* E ela, *Entendi. E uma palavra-pardal?* E eu, *Uma palavra comum, pardal é o pássaro que a gente mais vê por aqui, não é?.* Meu pai nada dizia, só me olhava e reolhava, fingindo no segundo olhar não ser investigativo, mas espontâneo, quando eu lhe estendia o caderno numa página com minhas recentes criações: palavras-galáxia (em homenagem ao Greco), palavras estáticas (como os gêmeos), palavras irmãs, palavras-brinquedo. Em suas feições acendiam e se apagavam, num átimo, traços de meu avô. Meu avô com aquelas palavras que eu ouvira desde sempre: *Quanto mais amor, menos precisamos falar.*

Influenciado ou não por Tereza, César se dedicava ao bem comum, trabalhando como voluntário nas quermesses paroquiais. Nas festas juninas, ajudava em duas frentes, aparentemente opostas: na barraca das carabinas de pressão e na do Correio Elegante, orientando as crianças que se faziam de carteiros e entregavam os bilhetes anônimos aos seus destinatários. Guerra de um lado, amor de outro. Ou ambos se aglutinando num só, indício talvez do que aconteceria com ele meses depois, se soubéssemos ler a escrita sub-reptícia de seus atos. Quando comecei a ir ao catecismo, passei a encontrá-lo mais vezes: o fim da aula coincidia com o horário em que ele fechava a gráfica, a poucos metros dali, e passava na casa de Tereza para vê-la. Cruzei com César também ocasionalmente na rua principal, um dos pés na caixa de engraxate do Adão, que lustrava o sapato e cantava *Pra não dizer que não falei das flores*, sua canção favorita, outro sinal que só fui entender no futuro: *Caminhando e cantando e seguindo e canção/ somos todos iguais, braços dados ou não.*

O inverno morreu, arrastando a névoa das manhãs geladas e, quando chegou setembro, eis que um assunto deslizou, subterrâneo, entre os adultos e acabou chegando a nós, garotos, que vivíamos com o radar calibrado para as conversas sigilosas: uma força policial à paisana, militar precisamente, havia arrombado a gráfica de César; lá haviam encontrado panfletos incitando os colonos a se rebelarem contra os fazendeiros que os exploravam. Circulou o boato de que ele havia dito aos milicos, como meu pai os chamava, que fora um trabalho encomendado por um desconhecido, cujo conteúdo não era de sua responsabilidade: como gráfico, ele apenas imprimia o que lhe entregavam, nunca usava seu linotipo para serviços próprios. No entanto, minha mãe, amiga dos pais de Tereza, desmentiu aquela versão: César não negara a autoria do texto – seus artigos no jornal inclusive demarcavam posição a favor de uma reforma agrária –, nem se acovardara quando disseram que o levariam para um interrogatório em São Paulo.

Para meu assombro, os investigadores tinham ido em seguida ao sobrado do Greco – diziam que ele atuava, às ocultas, ajudando César na gráfica a insuflar a desordem entre os colonos –, e lá souberam pela dona Nair, que o filho havia morrido num acidente de moto. Mesmo assim, vasculharam suas coisas, e só encontraram, de estranho, o telescópio apontado para o Cruzeiro do Sul, invisível no céu àquela hora do dia. Então, eu me perguntava, Greco não vivia só no mundo das estrelas, estava também voltado, sub-repticiamente, para as injustiças perpetradas à gente da terra?

Nos primeiros dias após a prisão, por influência de uma rede de informantes dos padres da região com os da capital, aportaram notícias de que César estava detido numa delegacia ou quartel, mas logo seria solto. No entanto, outros dias se acumularam, muitos e muitos, até que nunca mais nenhum de nós, nem Tereza, soube o que sucedeu a ele. Seus familiares foram em comitiva a São Paulo e, mesmo suplicando aos militares, nada trouxeram de palpável, nem a certeza de que fora morto, o que era pior do que um corpo insepulto.

As estações se sucederam, o verão chegou iluminando os campos. O túnel de eucaliptos e casuarinas nos ofertou novamente o frescor de sua sombra e o zunido do vento, de passagem nos dias entorpecedores de calor. Os fiéis continuaram se ajoelhando nos bancos da Igreja Matriz aos domingos, em reverência a Deus. Tereza, que noivara com César semanas antes – iriam se casar no próximo ano! –, seguiu dando as aulas de catecismo, escondendo de nós a sua angústia, com as perguntas e as respostas do último módulo, *O Cristão e a Oração*, e talvez restasse mesmo a ela unicamente orar. *Deus escuta sempre as nossas orações? Sim, Deus escuta sempre nossas orações e nos concede o que é mais conveniente para nossa salvação.* E eu, só para mim, nas minhas pétreas desconfianças, *Será? Como devemos orar?* Tereza perguntava, e respondia, *Devemos orar com atenção, humildade e perseverança.*

Uma gráfica nova surgiu na cidade, com máquina offset, em substituição ao linotipo de César. Eu e meus amigos continuamos crescendo, sem cogitar que chegaríamos a um tempo em que nos distanciaríamos, sem dor nem culpa, e no qual, salvo uma exceção, nenhum de nós sentiria a falta visceral dos outros. Nosso passado se decantaria e teria pouca relevância para eles, mas não para mim, que nunca me eximiria de sacudir os resíduos das nossas lembranças; estavam sedimentados nas camadas antigas de meu ser, e, com as palavras, eu não deixaria de tentar amaciá-las dentro de mim.

Nos filmes que víamos no Cine Éden, eu torcia para o Ringo, o Maciste, o Django, que, apesar das desvantagens iniciais, venciam no fim o confronto sobre os seus adversários. Com o desaparecimento de César, descobri que a vida, também em ocasiões futuras, me levaria a torcer (e a lutar, quando adulto, até de forma inconsequente) por causas perdidas.

Numa manhã no final daquele ano, entregando leite pela cidade com Caio e o tio dele na velha Kombi, vi uma névoa extemporânea no preciso instante em se desfazia. Passávamos por uma rua próxima à estrada de terra que conduzia à Vila Cláudia e aos campos. De seu fino voal em movimento, aos poucos, foram se desvelando as árvores esparsas, as hortaliças orvalhadas, as flores silvestres. Sob o sol e o silêncio, devagar, devagar, parecia que o mundo estava se formando aquela hora, úmido e virgem. Pensei em César, amor de Tereza. Eu não sabia que pessoas podiam desaparecer como a névoa nas manhãs, e, ao contrário dela, não reaparecerem no outro dia, nem nunca mais. Ignorava que não se esvaneciam naturalmente, mas pela mão de gente treinada a retalhar a seda de seus sonhos. Pensando nele, criei uma nova categoria de palavras, que só tem sentido na minha história: palavras corajosas.

FRESTAS

Embora já tivesse aprendido a ler, foi naqueles meses, quando ganhei de aniversário, de meus pais, a coleção *O Mundo da Criança,* que os livros se tornaram o catalisador capaz não apenas de me elevar, na "quase" velocidade da luz, ao plano do sensível, mas também de admitir que a catástrofe, maior que as sete pragas, a miséria irreversível, seria um dia ter o acesso a eles negado. Se eu àquela altura estava confinado a uma minúscula área geográfica e aos meus poucos anos de vida, encontrei naquele novo continente – onde as histórias, como bichos, campeavam em torno de outras, árvores –, o meu outro *habitat,* o meu lugar de recolhimento e expansão.

Um único volume da coleção revolucionou o meu espírito: o que reunia em suas páginas, sem ordem aparente, como estrelas libertas de sua constelação, um punhado de poemas, contos, crônicas, parlendas, ancorados um a um em desenhos coloridos – a casca da lua se quebrando feito um ovo, a canoa solitária num rio esfumado, o sapo sobre uma pedra, o galo de cauda longa. Ali as proezas nasciam da vida vulgar, que eu reconhecia como a do meu dia a dia. Eu só entendia a imensidão por imaginá-la, não a palmilhara mais que alguns metros. Aquele tomo colocava na mesma dimensão um dragão e um cachorro – a Keka, de repente, atravessava uma rua da minha história –, uma caverna cheia de tesouros e a janela do meu quarto, que tanto guardava meus pertences quanto saltava lá fora, interessada no que ia além de mim. À medida que as aulas de catecismo se sucediam, eu quis, por impulso próprio, sair das perguntas e respostas e conferir, com meus escassos conhecimentos, os detalhes exuberantes do Gênesis, do Eclesiastes e de outras partes do velho testamento, e, então, me peguei folheando uma bíblia derruída, encontrada na estante de casa, que pertencera à minha avó. E o que mais me fascinou, desde o princípio, não foram os episódios grandiosos, nem os provérbios e os salmos, nem os lindos cantares de Salomão, mas as histórias, e não as centradas em Deus, em Cristo, na Virgem Maria, nos anjos e nos santos, mas nos homens – cortando desertos em êxodos cegos, no embate vão com as secas, os males, as doenças.

Por isso, acercava-me de Adão, quando ele, engraxando sapatos de alguém, cantava com fervor até as canções de letras simplórias, as palavras expressavam a nossa realidade estreita, as contradições humanas. Maciste, Sansão, Ringo, antes forças extraordinárias, colossais, iam descendo com o meu crescimento para a terra da ficção, e, aos meus pés, se erguia o Mazzaropi com as suas zombarias e as tristezas do Jeca.

Dei para frequentar a biblioteca municipal, onde encontrei *Viagem ao Centro da Terra, A Volta ao Mundo em Oitenta Dias* e *Cinco semanas em Balão*, obras de Julio Verne, que me deslumbravam tanto quanto as extravagâncias de *Perdidos no Espaço* e do *Túnel do Tempo*. Lentamente, ainda que amasse os hemisférios remotos, fui me voltando para o acervo da existência comum: não os feitos épicos, mas o apego ao empuxo da vida, me enveredando pelas narrativas mundanas, de costumes prosaicos e práticas terrenas. Menino, mais do que crescer, eu envelhecia.

Caio e Guto vinham me chamar para jogar bola no campinho, e, de repente, se espantavam ao me ver com um catatau nas mãos. *O que é isso?*, um deles perguntava, e eu, *Um livro!*, e o outro, *E é legal?*, e eu, *Sim*, e, então, tentava persuadi-los de que, naquele retângulo de papel amarelado, havia outro açude, outros pomares, maiores que os da Fazenda Estrela e com frutas diferentes, outras aventuras que eles poderiam vivenciar, bastava se abrirem para a leitura. Mas os dois preferiam represar em suas histórias somente as suas histórias, pessoais, vetando a enchente daqueles outros mundos.

Eu pegava um livro, às vezes sugerido pela bibliotecária, de quem eu me tornara próximo, por visitarmos as mesmas paisagens imagináveis, e, se ia apreciando o enredo, me demorava nas páginas, progredindo devagar, com receio de atingir logo o fim e suspender o prazer que a história fabricava em mim. Esse receio me acompanharia pela vida afora em ocasiões às quais eu me entregaria, sentindo como se o mundo concordasse com a minha existência – e me desse uma chance de caminhar sem o peso compulsório de chegar a um destino. Havia, sim, partes menos empolgantes nas tramas, assim como a nossa vida corriqueira, mas era necessário passarmos por elas, sem saltarmos acontecimentos, para atingirmos então o seu cume, o seu dia de ouro só possível pelos dias de chumbo, anteriores.

Reparei que essa minha febre vinha de antes, do tempo em que, ainda iletrado, eu gostava de ouvir meus pais contando, em relembrança mútua, para si mesmos, episódios familiares ou acontecimentos marcantes da cidade. Eu respirava, absorto, as palavras deles, como se o que diziam fosse só um gomo permitido pelo próprio dizer; outros gomos, secretos, lá estavam, nas margens do dizer, à espera de que soubéssemos achá-los, apalpá--los e, por fim, prová-los para que se mostrassem como eram no seu âmago – a vida verdadeira, não a vida que as palavras substituíam.

Deitava-me com um livro nas mãos a qualquer hora, sobretudo antes de dormir, metendo-me nele como se por uma fenda que me transportava ao afastado país do possível, tão pouco possível na minha condição. As histórias me faziam viver mais e morrer menos, como se eu estivesse totalmente desperto para aquele existir oculto sob a superfície dos fatos narrados. Mesmo se, ao me reconhecer em alguma personagem, como quando morri com a cachorra Baleia em *Vidas Secas*, eu me visse obrigado a criar uma nova modalidade de palavras. No meu caderno, naquela noite, anotei um tipo de palavra híbrida, por conter mais de um qualificativo: palavras tristes-e-alegres. Exemplo de palavra triste-e-alegre? Eu.

Gostava de encontrar nos livros, não o mesmo, mas só o diverso, os enredos vários, as múltiplas paragens, ora as estepes, ora os cerrados, e, de súbito, eu a caminhar por um desfiladeiro, atônito com as escarpas, diante de um povo dos lagos ou das geleiras, gente sem asas, fincada no estado humano, sobre o solo calcinado ou luxuriante de ervas, em suas casas de pedra, adobe, palafitas – um catálogo ímpar de sonhos delimitados, contudo, pelos relevos do real. Assim comecei a amar as diferenças. O pobre plural não existia. O diverso garantia a riqueza do universo. Lendo, eu estava em casa, e também em expedição. Eu ia me desencontrando para me reencontrar lá na frente, com a cabeça erguida, pensando e sentindo maior, fechando os olhos para desenhar com apuro e minúcia as cenas descritas, abrindo-me para regiões minhas que eu mal povoava, algumas nas quais pisava pela primeira vez, a susto, como Armstrong na lua, índio e bandeirante espelhados, ambos num único, o intrínseco e o estrangeiro.

Certa vez, lera num romance que a poesia era a língua do luto. Mas, uma tarde, minha mãe me surpreendeu quando me divertia com um livro de trovas que explorava situações engraçadas, uma se ligando à outra, todas contribuindo para que o conjunto atingisse a espessura de uma rede, uma rede de alegria, e eu, a meu modo, chorava, feliz, silenciosamente. A poesia era, sim, a língua do luto, mas era também a língua da vida.

Além dos livros que tomava emprestados na biblioteca da cidade, comecei a comprar um e outro de bolso, à venda no Bazar XV. Eram livros que eu jamais vira na vitrine, forasteiros numa estante empoeirada no fundo da loja. Alguns me comoviam pouco, mas me faziam pensar muito. Quando os juntei, numa ordem cujo único critério era ir do mais querido, aquele volume de *O Mundo da Criança*, ao menos (ainda assim querido), sobre a prateleira que minha mãe mandara instalar diante da parede azul que eu pintara com meu pai, me senti dando adeus à escassez e à solidão de meu antigo quarto, que agora eu via rico e povoado. Ao lado daquele tomo de *O Mundo da Criança*, tão valioso quanto, coloquei *Claro Enigma*, de Carlos Drummond de Andrade, no qual o poema "Encontro" – que me estremecia, me doía e me redimia – assim começava:

Meu pai perdi no tempo e ganho em sonho.
Se a noite me atribui poder de fuga,
sinto logo meu pai e nele ponho
o olhar, lendo-lhe a face, ruga a ruga.

Eu estava aprendendo outra leitura, não apenas a das palavras, mas a da face das pessoas e a da trama das coisas. Uma leitura que, no fundo, me conduziria a uma reescrita, a da minha própria vida. Livros: palavra-fresta. Com eles, passei a ver mais o mundo se desfolhar lá fora – e dentro de mim.

ÉDEN

Apesar do tamanho irrisório de nossa cidade, havia o Cine Éden, graças ao seu Telmo, um amigo do meu tio Duílio, que, tendo ido estudar na capital, se apaixonara por cinema – e, ao voltar, com as economias de seu pai, um velho juiz, abriu a única sala da região, que não o serviria para ganhar dinheiro, mas para nutrir o seu fascínio ou a sua obsessão por essa arte, o que acabou por nos beneficiar: a oferta de diversão entre nós quase inexistia.

Eu frequentava o Cine Éden, com meus amigos, havia dois ou três anos, exclusivamente aos domingos, indo às matinês reservadas para as crianças. Comprávamos na *bomboniere* drops Dulcora e balas Chita e entrávamos na sala, ziguezagueando pelas poltronas, como se num templo de cujo altar – a tela – irrompiam imagens que nos extasiavam. Se nas missas na Igreja Matriz eu estava sempre à luz, ali era a falta dela que me envolvia numa atmosfera feérica, sem o selo sagrado, apenas com a marca, inicialmente, das virtudes humanas – também dos vícios, como depois captei. Aliás, foi lá que pensei numa nova possibilidade para o que aprendera no catecismo: talvez, no princípio, fosse a imagem. Aquilo que se podia ver. Em seguida, a imagem em movimento teria dado origem às letras, e essas, reunidas, resultaram no verbo, possível de ser enunciado ao vento, e, então, sim, encontrando melhor seu suporte em tábua, pedra, papel – a escrita.

Durante a semana não havia sessões, senão raramente, só para os adultos, contemplados com as projeções das noites de sábado e domingo. Com Caio e Guto, assisti a vários filmes do Maciste e do Tarzan, os do Mazzaropi, muitos bangue-bangues, *O Planeta dos Macacos* e *Se O Meu Fusca Falasse,* além de alguns outros de que não gostei tanto.

Às vezes, sucedia no cinema um acontecimento inusual, como foi o caso do filme *Meu Pé de Laranja Lima,* cuja exibição não ficou restrita a um fim de semana, estendeu-se por sessões nas noites de quinta a domingo, durante quase um mês, inclusive nas matinês. O público, quase a cidade inteira, afluiu em massa, eletrizado, para ver e rever a história de Zezé. César e Tereza estavam numa da sessões, a mãe de Guto, que nunca saía de casa, assistiu-o numa noite de sábado e repetiu na de domingo, assim como o padre, o prefeito, até a gente do campo, onde chegou a informação, acorreu para não perder o filme. A sala lotou em todas as sessões, e as pessoas, que raramente se manifestavam, comedidas, passaram a participar em bloco: vaiaram um político que apareceu no *Cinejornal* de Primo Carbonari, assobiaram no jogo de futebol projetado, em seguida, no Canal 100, rugiram num trailer, imitando o leão da Metro Goldwyn Mayer – e se derreteram em lágrimas, irmanadas, no fim do filme, quando em Minguinho, o pé de laranja lima, desabrochava a primeira flor branca. Foi uma catarse, tanto para os adultos, muitos dos quais tratavam seus filhos igual ao pai de Zezé ou, na contramão, com carinho similar ao do Portuga, quanto para nós, que, se podíamos reclamar do tédio, não vivíamos uma infância tão soturna como a da história.

Duas vezes fui com Maria ao Cine Éden. Sentávamos um ao lado do outro nas primeiras fileiras. Não sei se ela provava da mesma sensação, e jamais saberei, eu não tinha naquela altura como me expressar com precisão, mal interpretava o que ocorria na pele dos fatos, menos ainda em seus níveis mais profundos. A sensação de estar lá era um caminho sem retorno, que eu iria trilhar, como um corredor, ao longo daquele período, instado pela propulsão dos acontecimentos no qual a vida me lançava – a prática das perguntas (sem respostas) aprendidas no catecismo, os sonhos (só sonhos), o colar de perdas (interinas e definitivas), o aprimoramento na arte de ler nas dobras dos relatos, nas pessoas, e em mim mesmo. A sensação, poderosa, de estar lá, com ela, era uma concessão piedosa do universo, uma bênção que nos poupava de sofrer demais a ação movediça do tempo. Tanto que para suportar aquela sensação, que se enrijecia, saltando para o platô dos sentimentos superiores, eu me dissipava como fumaça no enredo do filme, esquecendo-me por alguns momentos que Maria, à direita, me acompanhava, para, de supetão, ser sorvido pela sua presença e absorvido pelo desejo, tão débil, de que aquele instante fosse a projeção do infinito.

Agradava-me, assim, o silêncio que na sala as pessoas faziam, sugadas pelas imagens semoventes e seu som, deixando num canto pouco ocupado da própria consciência a sua presunção, o peso de cuidar de si mesmos, de seus atos e de seus pensamentos – uma compulsória interrupção do mundo externo em seu horizonte, o traslado para um espaço alheio, o que me fazia lembrar dos gêmeos: eles sabiam ouvir e ver quem estava à sua frente. Como se fôssemos todos uma só pedra, dentro daquela concha, formada pelas diferentes personalidades de cada um de nós no seu singular, calado para o seu adentro, humilde por se render à história do filme. Era um júbilo, que deveríamos louvar, o fato de estarmos ali, simplesmente, vivendo. Formávamos, enfim, uma corrente intricada, impossível seria suprimir um elo sem desfazê-la de maneira categórica.

Adão fazia ponto diante da bilheteria, deslocando-se até a catraca da porta de entrada, onde encontrava alguém cujos sapatos precisavam de engraxe e lustro, mas, mesmo aqueles que os tinham novos ou limpos, não perdiam a chance de lhes dar uma nova camada de brilho só para ouvir Adão cantar a música que pediam.

Há pouco me veio à lembrança que meu pai e minha mãe foram a uma sessão extraordinária do Éden, num meio de semana, assistir ao filme *Help*, dos Beatles. Estavam tão exaltados com a felicidade, sequer imaginavam que, meses adiante, ele morreria. E se soubessem? O que poderiam fazer contra a morte, perpetrada a cada um de nós desde que existia vida no universo? Sob o véu da alegria que sentimos num instante deslizava, clandestino, o sofrimento que noutro instante tomaria o seu lugar. E, do mesmo modo, na seiva daquele sofrimento, já corria a futura alegria. *Help!* Não haveria a quem pedir ajudar, só a nós mesmos, toda vez que o cotidiano nos atirasse, com sua força, nessa alternância. Numa noite de agosto, no meio da semana, haveria uma sessão no Éden, para adultos, coincidindo com uma apresentação da banda no coreto da praça. Eu e Caio fomos ouvir as marchinhas e, depois que terminou a audição, passamos pelo cinema – e notamos a porta semiaberta, ninguém de vigia na catraca para nos impedir a passagem. Num cúmplice entreolhar, afeitos à mesma contravenção, sem demora a consumamos. Caio entrou primeiro, eu atrás, ninguém na bomboniere também para nos flagrar. Atravessamos o saguão e passamos pela cortina pesada que o separava da plateia. Demos um só passo e estacamos para habituar os olhos ao escuro. Nem chegamos a sentar, os minutos que permanecemos ali, em pé, nos algemou no chão, tanto quanto a nossa atenção na tela, na qual se desdobrava uma sequência de homens com facas e enxadas agredindo um jovem – em verdade, linchando-o. Só depois, ao sair do cinema da mesma forma como havíamos entrado, rápidos e solertes, foi que notamos o cartaz: era um filme com cenas reais de mortes violentas. Quando percebemos que não era a encenação de socos trocados por Maciste com os filisteus, de lutas corporais e duelos dos filmes de caubói, demos simultaneamente um passo atrás. Mas era tarde, havíamos passado do ponto de retorno, onde a prevenção nos teria poupado de ver o que vimos. Caminhamos pela rua principal juntos, assustados, e nos separamos. Cheguei em casa com o coração em descompasso, acelerado pelo medo ancestral de ser vítima de um ato selvagem, mesmo que injustificável. Lembrei-me do Nim abatendo o boi, mas logo os agressores do filme o expulsaram da minha lembrança, invadindo-a e se enraizando, embora eu lutasse para me livrar deles. Por que tinham agido daquela maneira? Minha imaginação se encheu de dor e uma cicatriz (para sempre) nela se delineou.

Depois de assistir àquelas cenas, concluí que o cinema não era só a pura fruição positiva, mesmo se dele fizesse parte a brutalidade da nossa espécie, que, também, guerreava para sobreviver, as linhas de força do altruísmo e do egoísmo viviam integradas.

O desvelo para com os livros e a intimidade crescente com as classes das palavras me fizeram procurar no dicionário, que havia na biblioteca municipal, o significado de éden, que tantas vezes eu lera na fachada do cinema e seguia inconcluso, as letras e o som flutuando em minha mente e, no ato, sumindo. Éden: paraíso. Paraíso do qual depois nos expulsaram os crentes, que compraram a sala do seu Telmo e dela fizeram o local de seus cultos. Os crentes que acusavam a TV e o cinema de disfarces do demônio. Então o mal expulsava o bem? Não: o bem e o mal eram e sempre seriam uma-única-coisa.

AGULHAS

No espichar dos meses, uns fatos menores me agulharam, por sorte não como pontas de punhal, mas como acúleos, já que eu não fora envolvido propriamente neles, não constituíram revide ou maldade do mundo para comigo. Mas eu estava ligado às pessoas que os protagonizaram: como não sentir nada, então, ao lado de alguém ferido? Nossa alma sempre receberá, queiramos ou não, em tempo contínuo, lascas das dores alheias; sempre restará do que é o estrito, destinado a outros em graduação máxima, às vezes devastadora, algum fragmento para nós.

Certa noite, uma rua da cidade, que vivia em congelada placidez, como um olho d'água solitário e oculto sob as ramagens, foi alarmada por gritos, baques suspeitos e ruídos de louças espatifadas. Vinham da casa do Caio e era, pelo que soubemos de forma velada, uma luta virulenta entre seus pais, coisa que se ventilava ser comum com palavras, mas não com braços. Os dois haviam ultrapassado a linha do suportável, na qual as agressões eram evitadas pela desistência de um, o mais frágil, que se entregava logo às lágrimas, ou o silêncio do outro, mais forte, que se enfiava num outro cômodo e batia a porta, consciente de que era melhor se afastar para impedir a escalada de sua brutalidade.

Espancada, a mãe do meu amigo começou a gritar por socorro e a quebrar pratos e copos e tudo o que podia despertar a atenção e a imediata ajuda dos vizinhos. A viatura da polícia apareceu e levaram o marido à delegacia, onde passou a noite. Caio nunca comentou nada comigo, mas eu sabia ler em seu silêncio a funda aflição, não apenas a passada, que ainda ecoava em sua conduta mais alerta, mas aquela que ele, por presságio, suspeitava que poderia estar, dissimuladamente, a caminho. Senti pena do meu amigo, e, por consequência, de todos os meninos, em todas as épocas, que tinham vivido situação parecida. No conflito, um dos vidros da janela da cozinha de sua casa foi quebrado. Como solução provisória, um pedaço de papelão, o fundo de uma caixa de sapato, foi colocado lá, no lugar. Durante dias, assim ficou, como pude constatar quando passava para ir à escola. E, mesmo quando substituído por um novo vidro, eu continuava a ver ali o pedaço de papelão. Sinal, dentro dos meus olhos, de que a paz na vida da mãe do Caio estava estilhaçada e não havia como colar seus destroços. E se eu estivesse enganado àquele respeito? *Ah!*, sem garantia de ser ouvido, era o que eu pedia ao mundo!

Tempos depois, um bujão de gás explodiu na cozinha da casa dos turcos, que tinham, na sua parte da frente, a loja de tecidos e o armarinho. Eles e seus filhos adolescentes escaparam sem lesões do incêndio que se seguiu. Choravam, à distância, enquanto homens com baldes d'água e funcionários da prefeitura, segurando a custo a mangueira do carro-pipa, direcionavam o poderoso (mas inútil) jato d'água para a cumeeira da casa, cujas labaredas comiam vorazmente a madeira. Choravam, apavorados pelo fogo e inconsoláveis pelas perdas. Atrás do cordão de isolamento, lembrei-me do quanto riam tempos atrás, como todos nós, com as chalaças do Mazzaropi. Então a vida era controlada por aquela ordem cíclica? Uma dor hoje para compensar a alegria de ontem? No meio do ano, a seleção brasileira de futebol ganhou o tricampeonato mundial no México. Assistimos, eu e minha mãe, às primeiras partidas na TV em preto e branco que tínhamos. Ela não era fã desse esporte, mas às vezes acompanhava uns jogos com meu pai, só para estar com ele, para senti-lo intenso – mais assíduos deveriam ser esses momentos generosos que cedemos a quem gostamos, a mão estendida se regozija por não ser a mão que precisa de ajuda. Ele ensinava a ela e a mim alguns fundamentos, *O drible da vaca, ou meia-lua, é assim quando...*; *E tem a pedalada e o elástico, inventado pelo Rivelino, e o chapéu,* e minha mãe, *Chapéu, que engraçado o nome!,* e meu pai, *Chapéu ou lençol,* e eram um nada essas liçõezinhas dele, era bonito vê-lo explicar, coisa simples, mas de muito engenho, que fazia a gente abrir os olhos ao máximo e rir e louvar, e era meu pai ali, vivo de novo. Minha mãe, como qualquer um de nós, gostava de ver aqueles lances, a arte do inesperado, ela torcia, ingênua e sem jeito, afligindo-se em momentos de pouco perigo de gol, o que me fazia querer me dar mais a ela, tranquilizando-a, minha mãe jovem e sem meu pai, só com o seu empreguinho na prefeitura, sem os vencimentos de escrivão dele, e eu, às vezes, eu desejava dar um corte quando um pesar viesse correndo me marcar, eu desejava, como uma palavra que passa no meio das pernas de outra, dar uma caneta nas más notícias, como Deus driblara o caos de sua mente com o *fiat lux*, misturando o tudo e o todo, antes existentes e soltos e sem ordem, por meio de uma lei que haveria de reger também a nossa impermanência. Mas, conforme o time brasileiro avançou, Caio me chamou para assistir ao jogo seguinte, a semifinal com o Uruguai, na casa de um tio dele que possuía TV em cores. Vibramos com a vitória de três a um, e aquele drible do Pelé no goleiro, sem a bola, foi o que foi: para ver e rever sem jamais se cansar – tivesse resultado em gol, seria um lance esquecível, o drible é que tinha sido a mágica maior, o "quase", o não conseguir, o acabamento humano, sem a perfeição divina. Na partida final com a Itália, quando estávamos vencendo por três a um, fui embora de lá, sem que ninguém percebesse, estavam todos embriagados pela euforia, e só vi mais tarde o quarto gol, esplêndido, do Carlos Alberto, recebendo a bola do Pelé. Outro nada tão lindo! Claro, também fui alçado ao êxtase, quem no Brasil não o foi naquela tarde? Mas a minha ascensão, diferente da dos meninos do país inteiro, duradoura, foi efêmera, logo eu estava de novo pousando na terra com os meus vazios: sentia falta do meu pai, do Greco, dos gêmeos, queria celebrar com eles, mas nenhum ganho é capaz jamais de anular as nossas perdas. Eu tinha de seguir com as minhas. Esforcei-me para untar a felicidade, palavra escorregadia, a fim de que não desmoronasse tão rápida – e devo ter aprendido, porque, adiante, eu soube conservá-la, forte e funda, no Circo do Palito, rindo e rindo e rindo naquela noite com o Djeca.

Por uma ligação telefônica da tia Vanessa veio a notícia de que meu primo Adolfo caíra de um cavalo a galope e havia fraturado um dos braços. Minha mãe decidiu ir no primeiro fim de semana até Serrana, onde eles moravam. Pegamos na rodoviária cedinho um ônibus sujo de lama, em cujo interior recendia um cheiro de terra seca e desinfetante de pinho. Sentei na poltrona junto à janela, de onde fui contemplando, pelo vidro riscado e nodoso, a paisagem que ia se alternando, mudando de cor, de relevo, de luminosidade. Eu quase não saíra do nosso povoado, vivia ali, a receber e a aceitar as coisas, e, viajando, eu iria então ao encontro delas, o que me dava uma perspectiva inusitada, embora óbvia para o mundo. Alguns minutos depois, alcançamos um trecho da rodovia que, pela conversa de meus pais, era o local onde Greco tinha morrido. Não havia rastro nenhum do acidente, uma pedra, uma cruz, uma marca de pneu no asfalto. A morte, uma vez tendo se pronunciado num canto, mantinha sua aura lá, ainda que ausente? O tempo embaralhava os sinais, lavava-os, apagava-os. O tempo desabilitava até mesmo as perguntas. Não havia sinal algum ali. Mas em mim latejava a saudade – que só sentimos por alguém que amamos. Invisível, eu via a placa naquele trecho, igual à da casa dos gêmeos, *Área de lembranças*. Fiquei quieto, ouvindo meu sentimento crepitar. Devia estar tão alto, que minha mãe o percebeu – me chamou para ver uma árvore cujos ramos haviam se encomprido, todos para trás, com a força contínua do vento naquela zona. Uma árvore descabelada, diziam. E, apontando outros detalhes na paisagem, ela foi me distraindo, me desterrando da minha tristeza, me virando para o canteiro da família. Eu fora uma ou duas vezes a Serrana, quando menor, mas não me recordava de seu traçado. Lá chegamos uma hora depois, passamos por duas ou três ruas, onde se distinguia uma pequena igreja, uma pracinha empoeirada, uma farmácia na esquina, antes de pararmos num bar, ponto de partida e chegada dos poucos ônibus que atendiam o povo de lá. Caminhamos a pé, eu e minha mãe, até a casa da tia Vanessa. Pelas casas modestas da cidade e pelo calçamento de paralelepípedos coberto da fuligem das queimadas, avaliei o seu desamparo. O bonito e o feio se igualavam, tudo ali era velho e, também, novo para o meu olhar. Tereza dizia que Deus criara todas as coisas belas, não havia nada feio no mundo. Até o deserto tinha as suas belezas. Foi a percepção que arrastei comigo, quando fomos embora no dia seguinte. Arrastei, mas não queria: não me agradava comparar, as coisas não podiam ser dissociadas, eram parte de um todo. Como Adolfo e eu. Ele reclamava da dor e do incômodo do gesso (Débora já escrevera o nome dela na tala), do suor, da coceira. Me compadeci de meu primo, consciente de que o que é do outro é (quase só) do outro, e de que a solidariedade jamais neutralizaria as pontadas da nossa impotência ante o sofrimento alheio.

No dia de Finados, fui com minha mãe ao cemitério. Até o começo daquele ano, eu ia apenas levar flores ao túmulo do meu avô. E me lembrava sempre daquelas suas palavras: *Quanto mais amor, menos precisamos falar.* Era por isso, certamente, que eu não tinha vontade de rezar ali, mesmo se só para mim, no meu pensamento calado. Permaneci em silêncio, a favor do meu legítimo amor por ele, lutando para conter as palavras. Continuava perdendo aquele jogo, mas já me tornara um adversário mais forte. Convivera pouco com ele, embora o suficiente para inundar o meu gênio. Passeava comigo pelas ruas da cidade em seu Fusca, do qual se envaidecia e que, com a sua morte, foi herdado por meu pai. Não possuía terras, mas adorava bosques, moitas, arbustos, e, claro, as lavouras cultivadas no perímetro da cidade. Tinha na varanda de sua casa vasos de avencas e espadas-de--são-jorge e, no fundo, canteiros de ervas para tempero, legumes e verduras, que regava com abundância, assim como a grama seca e o solo nu. Naquele dia dos mortos, no entanto, meu trajeto não se restringiu ao jazigo do meu avô. Foi bem maior nas trilhas do cemitério. Desprendi--me de minha mãe e fui sozinho ao túmulo do meu pai, dos gêmeos, do Greco, e, por último, do tio Duílio, que se fora no fim do ano anterior, não sem antes ver o milésimo gol de Pelé. Suas obsessões eram o futebol e os filmes do Charles Chaplin, de quem ele imitava gestos cômicos. Enquanto contava anedotas, ria de si mesmo, de seu jeito, o que me fazia rir também, mais dele do que das histórias, cujo desfecho, por vezes lascivo, eu não entendia. Ocorreu-me, ao ir embora do cemitério, que, quanto mais eu vivesse – e eu era só aquele menino –, mais tempo teria de dispensar ali nos próximos dias de Finados. Minha mãe esperava do lado de fora, no meio dos vendedores de garrafas d'água, flores e velas. Eu disse a ela que iria por outro caminho e fui. Não sabia o que fazer com aquilo que eu estava sentindo, solidão, saudades, medo de não conseguir salvar do meu esquecimento, muito mais do que do esquecimento do mundo, as pessoas que eu perdera. Se caísse uma chuva, eu me diluiria nela e me infiltraria pela terra, para me desligar um instante que fosse da matéria bruta que me constituía. A angústia me escavava com a ponta de sua agulha. Mas o dia seguia seco, exigindo que florisse em nós a indiferença ou a resignação.

Também já se sentia na cidade um entrelaçar de sons peculiares dos campos no fim das madrugadas: o grito dos galos que vinham sendo trazidos, ano a ano, pela gente que vivia nas fazendas e se mudava, no início, para casinhas alugadas das cercanias, e, depois, para os bairros que constituíam o núcleo urbano. Um grito puxava outro e outro, por vezes se sobrepondo em coro, tecendo um canto que, eu pensava, seria apreciado por todos. Mas não. Houve afrontas entre vizinhos e, num domingo, estranhamente silencioso, vários galos amanheceram mortos. Nunca se descobriu o mistério daquelas mortes. Eu me demorei pensando nos bichos que morriam e ninguém via, nos bois que eram abatidos, nos cachorros queridos como a Keka nas mãos do meu pai. Guerra e amor. Guerra por amor. Amor pela guerra. Por todos os lados. Nas estrelas. Nas cidades grandes. Nos povoados insignificantes como o nosso.

Outra agulha, perfurante: terminara, por obra da prefeitura, a construção de um conjunto de casas populares que havia sido iniciada um ano antes, para atender o aumento da exploração de brita na pedreira – assim, homens estranhos afluíram na cidade, candidatando--se para as moradias; muitos foram contemplados e se mudaram com as famílias. O movimento de veículos nas ruas se ampliou, em virtude da população maior. A gente nova não partilhava das raízes do nosso vilarejo, nem vivera o tempo necessário para se afeiçoar a ele, de forma que se viam como exilados mal recebidos. Por outro lado, velhos habitantes ruminavam, calados, o sentimento de invasão. Em dezembro, Nim, que passara a dirigir o Corcel do pai para ir ao matadouro, deu a sua bicicleta para o Guto. Dias depois, meu amigo deixou-a na frente do mercadão municipal, onde tinha ido comprar verduras para a mãe, e, quando foi reavê-la, não a encontrou. Nem horas depois, nem nunca mais. Tentei consolá-lo, como o fizera com meu primo Adolfo. Eu compreendia a decepção de um com a perda da bicicleta e o desconforto do outro com o braço na tipoia, julgava que eram estados provisórios, reparáveis, e, no entanto, eles, durante um tempo, seguiram abalados, surdos para o meu lenitivo. *Por que algo pequeno, de repente nos dói tão grande?*, eu me perguntava. *Porque somos todos assim!*, eu respondia, me convencendo de que não devia fazer comparações. Cada um de nós tinha a sua medida, a cunha maior ou menor de resignação. Numa mobilização calada, mas determinante, os moradores passaram a não deixar em suas casas mais nada à vista e a usar trancas, ferrolhos e cadeados em portas, janelas – e nas conversas com desconhecidos. A desconfiança se tornou oficial.

Por fim, mais uma nuvem escura, cumulonimbus: a notícia de que a Fazenda Estrela tinha sido vendida para um agricultor que vinha arrendando parte de suas terras para o plantio de cana. O novo dono, já se espalhava, iria derrubar as casas abandonadas da colônia, reforçar as cercas em ruínas, botar um capataz para, entre outras tarefas, banir os pequenos invasores – nós – das roças de milho, da sombra do jatobá e do pomar, que então seria reformado. Iriam dar fim às laranjeiras atacadas pelas formigas, às velhas jabuticabeiras, aos mamoeiros doentes, mas ainda produtivos, aos pés de carambolas, de manga rosa, espada, coquinho, que tanto nos deliciavam comer ali mesmo, ou levar na mochila para vender no mercadão, e nunca para casa – senão uma única vez, a última! –, evitando ter de mentir aos nossos pais.

Como as cenas nos vitrais da Igreja Matriz, vistas a certas horas, sem a força do sol, revelavam-se mais sombrias e misteriosamente ameaçadoras, aquela sequência de fatos foi me levando a ver tudo, mesmo as coisas claras, com olhos de penumbra. Talvez, por isso, e por me lembrar do que me dissera o Greco, que o astro maior regia aquele ano, tenha despontado em meu sonho o Armazém do Sol. Não como compensação, tampouco desejo, porque o desejo, ainda que desmedido, conhece os limites cortantes do possível. Mas como forma de reação, para amaciar a minha dor e, com sorte, reavivar em mim a esperança.

SONHO

Então pensei, e esse pensar era um sonho, e nele havia um armazém parecido com a loja de materiais de construção da cidade, mas ali tudo era luz, um constante e exuberante sol. Ao entrar, eu poderia ver a um canto, se quisesse, o meu antigo quarto de paredes descascadas, antes daquela versão azul que eu e meu pai havíamos lhe dado; e, noutro canto, sobre uma prateleira, estaria, orgulhoso e inteiro, o bolo que minha mãe tinha (naquela tarde) retirado da forma untada com manteiga.

Subindo uma escada móvel, eu alcançaria as gavetas no tampo das quais se colara, como amostra, um adesivo com o desenho do que continham – o sorriso do meu pai ao me explicar a fase do acabamento, o sussurro de minha mãe me despertando, *Levanta, filho!*, eu deitado na cama lendo um livro, desenhos que representavam horas, horas inteiras que eu havia vivido e gostaria de juntar, como peças de um quebra-cabeça.

Mais surpresas se espalhavam pelo interior do armazém; à beira do balcão, por exemplo, estariam também em busca de suas lembranças faiscantes, nas cadeiras de rodas em paralelo, Pedro e Paulo, e eu os reencontraria ali, como quem se depara por acaso com amigos na rua, para falar naturalmente de um episódio de *Perdidos no Espaço* ou do *Túnel do Tempo.*

Eu poderia, ao abrir um baú, ver espalhados no fundo os dias em que Marinho morava na cidade, poderia escolher um deles, apanhá-lo e revivê-lo, a gente pegando espigas de milho safrinha juntos, entregues até a medula àquele momento único, ele rindo pela nossa infração, eu rindo, porque a vida era e é contagiosa, como o nosso grito de gol, quando Rivelino passava por dois adversários, com seu drible elástico, e chutava de canhota, encobrindo o goleiro.

Eu poderia apanhar nesse baú uma das tantas tardes em que fomos ao açude, onde dei o salto-de-ponta, o Caio idem, o Guto o salto de barriga, e nós três nadamos de borda a borda, e a linha do nosso corpo desenhava figuras que, em segundos, pelo movimento da água, se desfiguravam – e, depois, nos sentamos sobre uma pedra, mirando o moinho e o nosso campinho sem nós, o céu tão azul, como se pintado por um lápis de cor, as divisas da Fazenda Estrela com suas terras arrendadas, a paisagem mais e mais se integrando ao nosso olhar, e, então, falamos e falamos e falamos, um jogando para o outro suas impressões como se fossem – segure! – bolas, e, lentamente, nossa algaravia ia serenando, recolhendo-se no fundo do silêncio, o diferente de provar noutra hora o igual, que, de igual, só tem as suas antigas delimitações de espaço e tempo, tudo o mais é o novo no velho mundo, e vivendo o novo, recuperamos umas ninharias das vezes anteriores.

Sobre o balcão haveria uma bandeja com croissants e baguetes estalantes, ainda quentes do forno, que o pai do Marinho fazia na Panificadora De Ville, não com o sabor do instante vigente, mas o daquele de seu contexto inaugural, quando a família dele chegou à cidade, o sol do armazém me concedendo o gosto, novamente, da primeira vez, como se fosse a hora soberana do sim – a vida de acordo com a revivida emoção.

Dentro de uma espécie de baleiro de vidro, vários tipos de nuvens, em miniatura, estariam flutuando, eu poderia libertar qualquer uma delas e soprá-las para que me trouxessem, flutuando, mil retratos 3x4 de Maria, refilados na vertical pelas minhas lágrimas, na horizontal pelos meus sorrisos (para alegrá-la e agradecer por ter sido o meu primeiro amor).

Tubos empilhados, em cujos rótulos se via escrito "momentos notáveis", dormiam atrás de uma estufa. Se abrisse um deles, tão logo a tampa saísse em minhas mãos, fugiria de seu interior, como vapor enfeitiçado a imagem do Mazzaropi entrando na cidade e suas estripulias no palco do Circo do Palito. Se abrisse outro, saltariam as equilibristas do circo dançando ao redor do palhaço Palitinho. Outro, e me encontraria de olhos fechados e a imaginação ardente, pensando, no auge da fé, naquilo que Tereza dissera sobre Cristo e a ressurreição da carne.

As caixas empilhadas numa das laterais guardariam, cada uma delas, um tipo de palavra. Bastava puxar a fita adesiva que lacrava a extremidade das abas e as palavras-abelhas sairiam, voando: saudade, flor, presente, liberdade. A ventura seria abrir todas e deixar que as palavras, saindo delas, se juntassem, em revoada, uma palavra transparente acima de uma opaca, uma azul no meio de duas brancas, uma corajosa incentivando uma medrosa, até as palavras mortas que jaziam nuns livros velhos que eu às vezes lia – soslaio, destarte, procela, entremente – ressuscitavam e, erguendo-se em voo, recebiam as boas vindas das palavras vivas, saudáveis, mas que um dia também morreriam (para ali, no armazém do sol, nascerem de novo).

Ao fundo, latas e mais latas, pequenas, como as de tinta que havíamos usado, eu e meu pai, para pintar a porta e os batentes de meu quarto, cada uma, com as informações na embalagem, correspondente a uma noite de excursão daquelas que fiz por meio de um livro, e, também, algumas delas não só com a sua noite, mas os seus instantes finais, de entrega ao dia novo, com os gritos dos galos se entrelaçando uns aos outros.

O armazém se assemelhava ao Bazar XV, mas seria muito mais sedutor, com bens preciosos à mostra nas estantes iluminadas, inadquiríveis senão com o lastro da vontade, em desafio ao meu cotidiano turvo e fastidioso.

Dependurada num suporte, preso a uma das paredes, haveria uma extensa mangueira, dessas usadas para regas, mas que, naquele território, era um grande carretel de luz que guardava a história secreta do mundo, a qual eu poderia desenrolar para, decifrando-a, irrigar o meu entendimento das coisas e das relações de umas com as outras.

No Armazém do Sol, contudo, existia uma norma a ser respeitada: as portas não se abririam para todos, nele só entrariam meninos, eu mesmo precisava me remeninar, o tempo inteiro, se quisesse voltar e recolher o material de que precisava para diminuir o que me prendia, às vezes, no meu quarto – à tristeza. Greco passaria lá fora, carregando o seu telescópio, e me acenaria, sendo ele de novo, vivinho, com um braço colhendo e trazendo para mim, como frutas numa cesta, as estrelas, e com o outro, rodando na gráfica do César manifestos contra as injustiças em nossa terra, Greco com a sua mochila às costas sobre a moto e os sapatos brilhando. Assim, sem hesitar, prometendo a mim jamais perder o mapa etéreo que me levaria lá, ao Armazém do Sol, finquei minha bandeira no solo daquele sonho!

ENTREGA

Um inusitado convite do Caio ocupou lugar no final da fila dos acontecimentos que me transformaram ao longo daqueles meses. O tio dele, dono da leiteria da cidade, com sua velha Kombi, entregava leite nas residências todas as manhãs. Caio, às vezes, ajudava-o aos sábados e domingos, quando não tínhamos aula. Começavam a entrega às cinco e terminavam lá pelas oito. Ele dizia que, apesar de ser cansativo, era uma curtição acordar de madrugada e flagrar o escuro nas ruas, saltar da Kombi em movimento, deixar o leite na soleira das portas e correr para alcançá-la metros à frente. Uma tarde, ele me disse, *Topa ir com a gente amanhã?*, e eu concordei no ato, antecipando na minha imaginação o amanhecer chegando aos poucos, primeiro só a sua pontinha, tímida e, depois, se estendendo, mais e mais, por completo, como um imenso rolo de tecido, monopolizando as ruas, os campos, os espaços ao redor e os remotos.

Eu me habituara com o nascer da noite, hora em que ia à casa do Greco observar as estrelas em seu telescópio, mas o dia para mim começava quando ouvia as palavras de minha mãe, *Levanta, filho!*, e, quase sempre, o dia vigorava, livre e forte, o sol já havia cortado o cordão umbilical que o ligava ao tempo. Ali estava a chance de surpreender a manhã abrindo os olhos, tão bonitas eram as coisas em botão, a gente vendo o seu iniciar, o novo se arvorando silenciosamente.

Conversei a respeito com minha mãe, que não só gostou da proposta do Caio, como se dispôs a programar seu despertador para eu não perder a hora. Ela, que devia estar esmagada pela saudade de meu pai, empenhava-se em me manter íntegro, tentando amortecer em mim a ausência dele, embora não pudesse avaliar, com exatidão o quanto me sentia órfão e desfeito – há uma hora em que, para seguirmos, é preciso eliminar pela respiração o próprio ar que nos aviva. Não é mais uma questão de viver muito e morrer pouco, nem o contrário, a intensidade já não tem valia, é o viver possível somente por ser, em si mesmo, também o morrer.

Fui me deitar mais cedo na véspera, já com a roupa que ia usar no dia seguinte, enlevado por aquela futura alegria, que logo se tornaria presente, o tênis e a meia ao lado da cama à espera dos meus pés. Dormi, acordei no meio da noite, os grilos cantavam. Dormi novamente. Era a demorada expectativa, eu a estimar como seria – e sempre é diferente do que pensamos –, o antes que eu sentia já fazendo parte do durante.

Bem lá no fundo do sono, ouvi a voz de minha mãe, *Levanta, filho!* Contemporizei como de hábito, espreguiçando-me, mas, ao lembrar do meu compromisso, saltei da cama e acendi a luz; ela riu ao me ver já vestido, os olhos gordos de sonho, ansiosos para assistir ao nascimento do dia. Calcei as meias e o tênis, escovei os dentes, lavei o rosto, comi uns biscoitos e escutei o motor da Kombi tossindo lá fora, acercando-se de nossa casa.

Minha mãe abriu a porta da frente, a madrugada seguia encorpada na escuridão, o vento morno veio ao meu encontro, ela me deu um beijo no rosto e acenou para o Caio no banco de trás da perua e para o tio dele ao volante – minha mãe o conhecia, tinham estudado juntos, a mesma infância e juventude, o mesmo futuro.

Entrei na Kombi, sentei-me ao lado do Caio, o motorista pisou no acelerador, a mistura de devaneio e vigília se formalizou, agitando os meus sentidos, o metro primeiro da jornada, eu instantaneamente leal ao ali e ao seu agora. Eu sentia a emoção do inédito, o nada julgar, o feliz início das pequenas aventuras.

Uma quadra adiante, a Kombi freou bruscamente, *Dois na casa amarela*, o tio disse para o Caio e completou, *Perto do vaso de samambaias;* meu amigo obedeceu e, num instante, estava de volta, ao meu lado, no banco de trás; mal fechou a porta, a perua arrancou e, meia quadra à frente, parou de novo. O tio do Caio puxou o freio de mão, disse, *Entrego três na casa do prefeito, você um na casa da esquina, último degrau da escada.* Fiquei dentro da Kombi, cujo motor continuava a tossir, vendo os dois se distanciando a passos rápidos, Caio quase corria, o vulto fugidio.

Assim, comecei a entender, com os olhos em vistoria, como eles se revezavam na entrega, o gesto de um e a inércia do outro, e depois o oposto, gerando um ritmo que me avivava; às vezes, ambos desciam juntos da perua, mudando o compasso, deixavam os saquinhos em casas coladas, e conversavam, no natural da vida, enquanto a noite, muito vagarosamente se esvaía, era preciso estar muito atento para perceber o fluxo de suas sombras diminuindo, diminuindo. Como o ponteiro de horas do relógio, era quase imperceptível o avanço da claridade – difícil notar as ínfimas alterações que consolidam uma grande mudança, nossa consciência não se alinha ao lento, senão quando o lento já se tornou súbito.

Reparei, perplexo, que o tio do Caio sabia de cabeça as casas e a quantidade de leite correspondente a cada uma, não havia relação por escrito num papel em caso de dúvida. Feitas as primeiras entregas ali, na minha vizinhança, Caio me perguntou, *E então, quer entrar no jogo?*. Não titubeei e respondi, *Quero!*, e aí o tio dele disse, *Três litros na casa marrom*. Peguei três saquinhos, abri a porta da Kombi, corri até a casa marrom e os deixei com cuidado em linha na soleira, satisfeito comigo mesmo. Voltei ao meu posto, os dois riam do meu capricho.

Querendo fazer o bem-feito, peguei o jeito com facilidade, e, dali em diante, fomos nos alternando na entrega, eu e Caio, Caio e o tio dele, o tio dele e eu, às vezes triangulando. Falávamos baixo, para não profanar o sono dos moradores, mas em mim o entusiasmo subia o tom, quase explodia como o grito dos galos nos quintais. As casas seguiam alheias ao nosso trabalho, sólidas na sua prostração, só raramente captávamos alguma presença súbita: no alpendre de uma e outra a silhueta de um gato, uma luz se acendendo na cozinha, o ruído de um sino de bambu ao vento.

Percorremos o centrinho da cidade, onde sobressaíam casas avarandadas, de famílias antigas, a entrega naquele ponto se intensificou, exigindo, simultaneamente, a ação dos três: o tio do Caio orientava, *Um litro na casa azul, ao lado da loja de materiais de construção; Dois na casinha à esquerda dos Correios, deixe na amurada; Esses dois eu mesmo entrego no casarão ali.* Sob a massa pesada da penumbra, o casario era outro, sobre ele pairava um verniz de mistério que, aos poucos, ia perdendo o viço com os primeiros traços do sol.

Passamos diante da Igreja Matriz, que ali se erguia, desde sempre e depois da nossa travessia (não só por aquela noite, mas por toda a nossa existência), sacra e impenetrável – iluminada apenas se via a cruz acima de seu campanário. Parecia que respirava o silêncio, orando pelos fiéis adormecidos, subserviente ao céu – ela, o lugar de acolhimento e salvação.

A madrugava declinava sem pressa, como se a usina do dia, em conluio com ela, na manutenção de uma ordem hereditária, adiasse o início de seu funcionamento para aumentar, uma vez ligada, o alcance voraz e rumoroso de sua força.

A Kombi contornou a rodoviária erma, sem ônibus, passageiros e bagagens, e seguiu em direção oposta à estrada de terra e ao túnel de eucaliptos e casuarinas – para lá se esparramavam casas de gente mais pobre, onde se bebia leite somente em dias de festa, e se dispensava o encargo de qualquer entrega. Alguns moradores, que viviam no entorno do açude e das fazendas mais próximas da cidade, possuíam uma ou duas vacas, criavam galinhas à solta, cuidavam de seu rude roçado. Ali, o escuro ainda imperava, desafiando os movimentos da vida que a luminosidade da manhã, emergente, impulsionava.

Sentado no banco de trás da Kombi entre as caixas de plástico cheias de saquinhos de leite, eu via o dia despertar lentamente, quieto e sorrateiro, sem alardear o seu progressivo domínio, sob o comando do sol, como um pão quente saindo do forno, pronto para a gente dele se servir – dia! As lâmpadas dos postes se apagavam. As ruas vazias aceitavam a leve névoa que as envolvia e se subordinavam ao pleno mutismo, perturbado apenas pelo motor da Kombi. Era o que era, humilde e simples e nada: o novo dia com a sua muda explosão de luz.

Aconteceu, assim, de eu presenciar essa troca de domínio – da madrugada, no estertor de sua escuridão, para a manhã, vaidosa de sua transparência –, um fato banal e repetitivo na linha do tempo, que não entraria para nenhuma crônica de vidas heróicas, nem para a História, senão para a minha, eu ali, sentindo o meu movimento de rotação, sem o ontem nem o amanhã, no ponto equidistante entre o não-saber e a aprendizagem, o cortejo das causas preparando os efeitos – o latido de um cachorro, o som de um portão que batia secamente, o tio do Caio afundando o pé no breque e nos incitando, *Vamos, vamos, dois litros naquele sobrado!*

Caio pegou os saquinhos com uma mão e me estendeu, com a outra abriu a porta. Saltei na calçada e dei um pique, o aroma forte dos jasmins, cujo pé coleava pelo muro da casa, entrou nos meus pulmões, delicioso e inesperado. Deixei o leite sobre uma cadeira da varanda, voltei às carreiras e me enfiei na Kombi, que, no ato, lançou-se rua abaixo.

Meu coração, contraído quando prestes a passar por uma nova revelação, se dilatava; eu sentia, talvez porque estávamos no largo do verão, com a sua voltagem maior, uma euforia de viver, de provar sofregamente aquela experiência, minúscula para o universo, mas inesquecível para mim. Todo o meu corpo sentia a indisfarçável transformação do escuro na recém-nascida clareira da manhã, e ela se espalhava tanto pelos espaços aéreos quanto se desvelava nos limites das casas.

Pensei que todas as manhãs, aquela em que meu pai morrera, ou a que Maria fora embora, as ruas da cidade passaram horas solitariamente, sem presença humana, talvez atravessadas somente pelo tio do Caio na velha Kombi, ou por algum homem do campo, madrugador, que as estremecia, montado num cavalo. Elas, ruas, sendo só elas, sem amigos, sem a alteridade afetuosa ou nefasta dos conhecidos e dos estrangeiros; o universo pulsava sem outro universo, embora sem o outro a sua vivência fosse menos universal. Minha fantasia, por derivação, me fazia pensar nas coisas sem nós, e pensar, no dentro de nós, nas pessoas que nos deixavam (mas que seguiam, mudas, ocupando áreas de nossas dores).

Uma hora e pouco depois, não havia mais nenhum saquinho de leite nas caixas de plástico, e um cheiro levemente azedo escapava delas. Fomos, então, repor o estoque na leiteria – o único lugar em que vivas almas, nós, se moviam, exaltadas pelo serviço ainda por fazer, agindo com agilidade, as mãos de um passando as caixas pesadas do refrigerador para outro, e esse para outro, que as enfileirava no chão e, de lá, para o banco de trás da Kombi. Pelo que compreendi, haveria outra rodada de entrega, de igual monta, e eis que, sem protelar, em minutos estávamos de novo perfurando as ruas já resignadas ao iminente burburinho de pessoas se deslocando para o trabalho.

O tio do Caio fazia um itinerário cuja lógica me enganava; passamos na frente da Santa Casa (me lembrei de meu pai e dos gêmeos, eles tinham morrido lá), pegamos uma rua paralela, onde fizemos entrega em quase todas as residências, um bairro novo na cidade, e aí passamos novamente pela Santa Casa (me lembrei do Greco, a morte estava ali, mais do que nas estradas) e rumamos para a avenida ladeada por flamboiãs, *Um na casa de grades; Dois na verde; Dois na azul pegada à farmácia,* e mais e mais – e nós três continuando a distribuição, a um triz do alvorecer.

Pensei no quanto amaria ver o dia nascer com meu pai, os gêmeos, tio Duílio, Greco, Keka, o que não seria mais possível – e tão simples era aquele meu idílio! O meu idílio não era o supremo, o solene, o sublime, mas só a suspensão (provisória, claro) do tempo triste, das repentinas aflições na chegada e prolongadas na partida. Pensei no quanto amaria ver o dia nascer com minha mãe, Guto, Marinho, Maria (embora noutra cidade), eles estavam ali, tão meus, tão nas minhas noites caladas, e era possível, e eu queria para sempre o meu idílio nas raias da realidade, pelas minhas mãos, como o leite, que então entregávamos.

Experimentei a doce cumplicidade que nos une, quando damos juntos o primeiro influxo de uma jornada, a primeira nota de uma música – a paixão pelo princípio no desconhecimento de seus atos vindouros. Eu intuía que não era só uma aliança de minha alma com aquele começo, mas com outros, dormentes na voragem do amanhã.

Sacolejando na Kombi, eu não tinha pedidos a fazer, apenas estar ali, a serviço da humilde providência, que me queria, pedira aquela chance de se estabelecer em mim e me inseria, como o entalhar da manhã na cidade, no agora daquela hora.

Caio entregou os dois últimos saquinhos de leite na casa paroquial. O tio dele me perguntou, *E aí, gostou?*, Eu disse, *Gostei*, e emendei, *Posso ajudar outras vezes?*. Ele balançou a cabeça em sinal afirmativo, sorriu e disse, *Quer que eu te deixe em casa?*. Eu respondi, *Não, obrigado, eu volto a pé.* Fiquei olhando-o, à direção da Kombi, meus lábios tímidos, sem saber como liberar a minha gratidão – aquele meu nascente idílio eu devia a ele, um leiteiro. Desci da perua, *Valeu!*, eu disse, agradecendo ao Caio. A perua partiu veloz, com seu motor rateando, rumo à leiteria.

A manhã parecia frágil, mas, eu sabia, instalava-se concreta e poderosa. Peguei a rua principal e fui subindo, saboreando uma agradável solidão. Vozes de gente acordando, que se entrecruzavam nas casas, fizeram-me prestar atenção nas outras falas ao meu redor: os grandes flamboiãs que se erguiam majestosos na calçada diziam flamboiãs, o céu sobre mim dizia céu, o vento que vinha na direção contrária dizia vento, a buzina de um carro dizia buzina de um carro, um cachorro atravessando a rua dizia um cachorro atravessando a rua, o mundo virgem de novo, no seu princípio de era o verbo, todas as coisas se apresentando como da primeira vez, sem desprezo ou exagero, elas só elas, imunes à mentira e às interpretações contaminadas pelas limitações humanas. O dia, na sua imensidão, a se desenformar dos moldes da paisagem, com seus mil olhos, observava nascer em mim, aquele menino, um momento de expansão. E tão admirável era o seu tamanho que eu não conseguia mensurá-lo: pelo vão das cercas que eu, com as palavras, tentava defini--lo, ele escapava.

Então o melhor, como dizia Greco, era só provar do encantamento, jamais degradá-lo com a razão. Eu havia, enfim, assimilado aquela medida das horas que comandam nossa vida, uma se emendando na outra, mínimas todas, formando, em sua soma, o maior comprimento, a linha longa (ou curta) de cada existência. Enquanto subia a rua principal, eu estava conscientemente entregue ao meu destino sobre a superfície da Terra, enquanto lá em cima, eclipsada pela luminosidade do sol, a Via Láctea se movia também no nada.

Quando cheguei em casa e abri a porta, o cheiro do café sendo coado me atraiu como um grito. Suspirei. Aquela etapa, derradeira, dava por terminado o parto do dia, o seu último retoque, conduzindo-me à cozinha, para que minha mãe visse a alegria se transfigurar em meu semblante.

MISTURA

Já, dias depois, quando minha mãe, ao me ver chegando em casa e retirar da mochila aquelas frutas, quis saber onde eu as pegara e o que me acontecera para estar ensopado de suor e com a camisa imunda, tomei consciência de que eu não tinha habilidade para narrar, abrir ali para ela, como um novelo, a minha aventura transgressora, porque em minha mente e em minha língua as coisas vividas e as lembradas estavam juntas, misturadas, como pedras incisivas à margem do rio. Em resposta a ela, comecei a dizer que tínhamos ido caminhar pela cidade, e minha mãe, *Quem?*, para mim era evidente, estávamos misturados, não era eu, era nós, e aí eu disse, *Eu, o Caio e o Guto*, e, então, *Fomos parar lá*, e ela, *Lá, onde?*, ora, estava tudo lá na minha lembrança, como roupa secando ao sol, e eu, *Na Vila Cláudia, mãe*, e ela, *E daí? O que sua roupa suja e essas frutas têm a ver com isso?*, sim, fazia sentido minha mãe perguntar, ela não estava lá, onde começava a estrada de terra, desembocando no túnel de eucaliptos e casuarinas, e, do lado oposto ao açude, *Na Fazenda Estrela, mãe*, eu disse, no meu rever para contar a ela estava tudo junto, a gente caminhando, a Vila Cláudia, *Vamos hoje pra aquele lado*, Caio tinha dito, e fomos, e tinha, atrás da casa da sede, o pomar, e ela, *Sei, sei,* eu não conseguia separar os fatos, eles se fundiam, eram um só se desenovelando como um gramado, criatura única o cavalo e o cavaleiro. Daí, percebendo que minha mãe entendera o que eu-nós tínhamos colhido ou roubado, as frutas do pomar da Fazenda Estrela, assumi que desde muito eu tinha aquela falha, eu via tudo mesclado, o arroz e o feijão e a carne até podiam estar separados no prato, mas, imediatamente, eu os misturava no garfo, e, logo, na boca, pela urgência da fome; a TV na sala de casa e sobre ela a antena e eu diante de ambas, TV e antena, eu as vendo e a sala nos continha – mesmo a mim, tantas vezes descontido, extrovertendo-me com as cenas de *Perdidos no Espaço* e *O Túnel do Tempo* –; eu na cama, nas altas noites, tentando dormir, os pensamentos se imbricando, os daquelas horas tardias, agulhados pelo canto ininterrupto dos grilos, os que tinham passado por mim, como um trem na paisagem, durante o dia, e os que chegavam com o adesivo do futuro, puxando-me para imaginar a manhã seguinte; eu com minha mãe e meu pai à mesa do almoço, eu com Caio e Guto caminhando pelas ruas, eu sempre misturado aos outros, e eu, mesmo sozinho, misturado aos outros que existiam em mim, eu ora quieto-e-mudo-e-pensativo, ora impaciente-e-falante--e-impulsivo; eu vendo as estrelas, as Três Marias, o Cruzeiro do Sul, a Ursa Maior, separando-as, com o olhar de admiração, mas no fundo elas misturadas à minha presença ali, na capa da noite, as estrelas e eu misturados ao cheiro dos jasmins naquela madrugada entregando leite nas casas, eu no meio do baralho do mundo, cujas cartas se alteravam o tempo todo, arrastando outras consigo, juntando naipes, coringas, reis e rainhas; tudo, tudo um grude, nada separado do restante, as coisas sendo elas, mas também dentro do ser das outras, tristeza-alegria-amor-raiva, as cores em suas próprias naturezas, de cores, e no conjunto, formando o branco, o branco dos lençóis no varal agitados pela brisa quente; os grãos da terra no seu cada um e no vão entre os demais, em sua confusão granular. Na festa de aniversário de Lara, em todas as outras, as bandejas de salgadinhos, coxinhas, pastéis, risoles, esfihas, uns sobre os outros, em atraente desordem, e nas mesas com enfeites temáticos os cajuzinhos, os brigadeiros, os pés-de-moleque, como anzóis pescando a nossa predileção, a fome e a sede de braços dados, essa arrastando aquela, e aquela engordurando os meus lábios, me alertando para o guardanapo, cada coisa no seu cada qual, mas nunca no seu só, isoladas, e mesmo aí, isoladas, entre outras, sendo elas e o seu entorno, elas se modificando, miscigenadas pela temperatura, pelo tanto de luz e treva sobre seu corpo. As frutas lá, no chão da cozinha, laranjas e mangas e carambolas, eram mistura, uma mistura bruta, sim, mas haviam outras, que eu bem as percebia, misturas finas – como o horizonte distante e a planura da terra que, num certo ponto, se abraçavam, e a gente não podia distinguir o que era o horizonte, o que era a terra, e a linha, única, resultante de um e outro era linda de se ver e continuar vendo e se encantar com o que via, como as asas do pássaro que se confundem com o voo, as falanges dos pés com as raízes externas das árvores, os olhos e a paisagem que para os olhos e a paisagem se entregam, o tique-taque do relógio e o átimo de silêncio entre o tique e o taque, o rude do fustão e o cetim da pele, as formigas e as folhas que carregam, o vento que faz tremular a folhagem na nossa imaginação. E para se chegar àquela soma, a uma mistura fina, nem sempre os seus componentes eram refinados, no meio deles haveria, era quase certo, algo grosseiro, aliás, eu desconfiava, devia haver sempre algo duro na maciez, alguma suavidade naquilo que era rígido. E, então, era tudo para mim, no meu modo de apreender o mundo e de descrevê-lo quando fosse preciso, eu tendo de me ver com a minha miopia, o comprido do meu sentir que não cabia nos meus curtos dizeres – a poça d'água e sua natural insuficiência de acolher toda a chuva que cai. Pedro e Paulo, eu não via os dois na memória, eles só eles, mas em suas cadeiras de rodas alinhadas, conversando com a gente, a mãe ao lado, em vigia permanente, a mãe ali, para ajeitar a cabeça deles no travesseirinho, não deixar que os pés sem movimento se soltassem do apoio, buscando o tempo todo reduzir o desconforto dos filhos, a mãe como uma árvore estendendo seus galhos para atender os pedidos súplices dos gêmeos: eu não sabia separá-los da maneira que me olhavam, do ambiente em que estávamos, como descrever eu e Pedro e Paulo, sem a mãe deles? E o Nim? O Nim eu via com respeito e entendimento misturados, a faca certeira e o boi caindo, desengonçado. Na loja de materiais de construção, o cheiro de fumo de corda, as carriolas, meu pai falando com o balconista, as inumeráveis gavetas ao alto, o conteúdo misturado. Greco com o olho pregado no telescópio, o disco de Chico Buarque debaixo do braço, *O mundo dos astros é igual ao dos átomos,* as nuvens stratus deslizando com as suas palavras, tudo junto nele, amalgamado, tudo o Greco, tudo o Greco e eu. O barro humano, eu lembrei de Tereza falando do Gênesis, o barro humano, mistura de terra e água e sopro – o sopro divino. Ela também ensinara os versículos do Eclesiastes: havia o tempo da semeadura e da colheita, de lembrar e de esquecer, mas para mim as coisas se interpenetravam, não se neutralizavam, uma podia ser maior em massa de presença, mas havia algo de outra nela, e essa, por existir, não eliminava aquela. Para mim, uma taça, mesmo sozinha, era vidro, e o vidro a mistura de areia, água e fogo; as ondas do mar vinham correndo em minha direção, uma na outra enlaçada, as ondas eram o mar se movendo mar afora, atirando-se na areia, e a areia, toda ela feita de areia-areia-areia-areia. E o Marinho, o sanduíche gordo, estufado de recheio, queijo prato e presunto, ele nadando no estilo borboleta, a gente descendo a ladeira de bicicleta a mil, ou na caminhonete do pai dele, engolindo vento e gargalhando; nós, eu, Caio, Guto, Marinho, sendo nós, e cada um no seu cada um desse nós, eu, Caio, Guto, Marinho. Tereza era ela com César e com a ausência dele, os dois se encontrando no final das aulas de catecismo, e Tereza também era ela e a face de Cristo e o sol se pondo nas tardes de quartas--feiras, ela muitas e uma só, como um maço de gravetos amarrados por uma corda. Adão, eu o via com a caixa de engraxate, nunca ele só ele, mas ele lustrando algum sapato, e, com seu jeito único, sentido, a cantar versos emendados de várias músicas, *Caminhando e cantando, sem lenço e sem documento, nada no bolso ou na mão, por mais distante o errante navegante, ah se tu soubesses como sou tão carinhoso, vai minha tristeza e diz a ela,* Adão e sua voz e as mãos sujas de graxa, Adão menino e, havia tempos, já se desmeninando, na inauguração de seu próprio mundo. Meu pai, em rebuliço dentro de mim, como uma nuvem, escorregando lentamente pelo espaço, meu pai e eu a mesma nuvem, o filho misturado ao pai misturado ao filho, esse sorrindo para aquele, os timbres de voz enganando minha mãe, minha mãe, mescla de sentimentos, ondas de ternura me acolhendo. Maria era as suas sardas e o sorriso e as tranças e os braços brancos, o meu coração alucinado, a minha imaginação inventando cárceres para que eu a libertasse, a manhã era o leite nas caixas de plástico no banco de trás da Kombi, o tio do Caio, circunspecto, ao volante, um fiapo de sol se erguendo como um cisco, tio Duílio no caixão e as anedotas, a sua carne fria nos meus lábios, *Tchau, tio,* e, *Tchau, gêmeos,* e, *Tchau, Keka,* e, *Tchau, pai,* e, *Tchau, César,* e, *Tchau, Marinho,* e, *Tchau, Greco,* e, *Tchau, Maria,* eles todos um caldo único de lembranças, engrossando a desordem em mim. E eu, aquele cadinho, unitário, onde as coisas se fundiam e se confundiam. Eu só não sabia se aquele era um jeito moldado pelas circunstâncias sociais e atávicas ou se era um defeito meu. Adolfo e Débora, quando tinham vindo ver o Mazzaropi no Circo do Palito me pareceram eles mesmos, mas também um pouco da tia Vanessa e do tio Eduardo misturados, ora no rosto de Adolfo fagulhava o nariz da tia, ora nos olhos de Débora chispava os do tio Eduardo. Meu avô, de quem eu guardava as migalhas de convivência como lembranças, em contraponto com uma misteriosa e legada força passional, que me enchia o coração de agradecimento, não era só ele, era ele e a sua falta, ele e *Quanto mais amor, menos precisamos falar*, ele e a imagem de minha avó que eu conhecera só pela foto do santinho de sua missa de sétimo dia, ele aparecendo e reaparecendo no rosto do meu pai, seu filho, um borrão de sentimentos que possuía umas linhas dele, minhas, dos nossos antepassados, nada puro, meu avô matizado, versicolor, palavra indigente mas melódica, versicolor, tudo junto, tudo junto, igual elas próprias, as palavras, que guardavam em seus radicais pedaços de outras, fragmentos de sentidos mortos que renasciam, e as vidas, milhões de vidas girando no redemoinho do mundo para torná-lo ainda mais mestiço. Meu outro avô e minha outra avó, pais de minha mãe, que já haviam morrido quando nasci, estavam mesclados nela, tanto quanto ela e meu pai em mim, os meus avós dispersos em minhas células, mistura, mistura, mistura, éramos todos nós. Minha mãe, quando eu a via de súbito, ou ela irrompia em minha mente, era uma massa de sentimentos na qual as notas de ternura dominavam, uma massa de cheiros imemoriais, de sussurros soprados, de olhares amenos, de saudades ainda não colhidas, uma massa que amenizava o meu silêncio férreo, uma liga de matéria e espírito que confortava o meu corpo, como o abraço para um solitário, e, então, vinha, subindo das minhas reservas de gratidão até os meus lábios, a palavra, *Mãe!* Eu era noites de apreensão coladas a dias mansos, que existiam para serená-las e elas, por sua vez, não se constituíam sem eles. Eu, desde sempre tentava me harmonizar com os outros, e comigo mesmo, mas temia molestá-los com a minha presença ora silenciosa, ora expansiva; sentia-me, na maré das conversas, uma onda de alto-mar e outra dada a morrer na areia, sentia-me distante, com a alma trancada, e, ato contínuo, a escancarava, toda em transparência, a ponto de surpreender talvez mais a mim do que às pessoas. Eu era arroubos e estigmas imantados, as mentiras contadas pelos adultos para me acalmar e as verdades que desmoronavam o dique de minhas ilusões – progressivamente quebradiças à medida que eu ia saindo do cercado infantil, me adulterando, me mesclando ao mundo. Eu estava soldado aos livros que eu lera, e cujas histórias portanto eu escrevera em mim, o moinho girando barulhento, a sombra do jatobá, os velhos caminhões do Circo do Palito, o Mazzaropi, *ah!*, o Mazzaropi, os filmes do Cine Éden, inclusive aquele que me aterrorizara, eu uma massa na qual o tempo, na forma de experiências vividas, fermentava. Eu e as minhas realizações ordinárias no mundo concreto, os livros na altura dos meus olhos, como àquela tarde em que o velho nos retirou do atoleiro e, pouco abaixo se reescrevendo no meu peito, e pelos interstícios de suas páginas, o outro plano, das potencialidades, do fantasioso mas não menos real que o real, o Armazém do Sol, as coisas das lonjuras, Armstrong saltitando no Mar da Tranquilidade, Júpiter no zodíaco a reger o próximo ano e o Cão no horóscopo chinês, a minha bem-aventurança predileta, o adeus ao meu anjo da guarda e à Santíssima Trindade da qual minha fé vinha se afastando, mas que se seguravam em fiapos e, poderiam se reaproximar, porque havia o inverno, sim, mas uma zona dele, seu "quase" antes, sendo já ele, era também o outono, e outra zona, o seu "quase" depois, enfraquecido, no ponto máximo – agonizante –, era a primavera. Estava tudo embolado, as horas-pedriscos e as horas-diamantes, embora às vezes umas se destacassem das outras (todas fazendo parte de todas, em menor ou maior luz-presença), o deslumbramento e a monotonia na mesma estação liquefeitos, as coisas extraordinárias, *Submundo!*, contendo as banais, uma estrela cadente que eu vira com o Greco certa noite e, quando cheguei em casa, meu pai e minha mãe retirando juntos e solidários as cortinas da sala para lavar no dia seguinte, os dois fazendo daquele momento a valência de suas vidas, e a imagem de minha mãe pregando botão na blusa de meu uniforme engalfinhada com a imagem do meu pai, rindo com o tio Duílio e dizendo que era fácil fazer as pessoas chorarem, difícil era fazê-las rir, *ah!*, saudades do meu pai, as placas de *Área de lembranças* por todos os lados de casa, e outras encobertas com a sua ausência, num misto em mim de pedido e negação, de súplica pessoal e indiferença do destino. Aquele ajuntamento de nomes, imagens e cenas girando em minha mente, crescendo e crescendo com o influxo de outros, renovados elementos, rumo à implosão, tudo junto, misturado, tudo os outros no meu eu, e tudo eu no mundo dos outros, tudo isso me provando insidiosamente que a vida não tinha edição, a memória talvez, mas a memória era só a casca da fruta, empobrecida pelos desígnios de sua própria natureza, para garantir que sobrevivêssemos: os cortes na carne e a serra a rilhar os ossos tinham a finalidade de nos fazer lembrar, ou esquecer, o que devia permanecer, o que, para suportarmos a amargura, e darmos uma chance (ainda que mínima) à esperança, temos de descartar; nem as orações nem os mantras, sequer os remédios, nos curam. Os pensamentos doloridos e os fatos machucados em nós não cicatrizam, as instâncias hibridizadas do tempo não cessam jamais de borbulhar, colando os cacos ao vidro desfigurado, confundindo a vista da janela com a natureza viva lá fora, o desenho do guerreiro na faiança com o guerreiro vivente, ancestral, a palavra com a espátula que almeja livrá-la da forma despreparada. Naquela tarde, com as frutas roubadas pela última vez na Fazenda Estrela, descobri que, para contar uma história, que acontecera ou não comigo, no meu raso ou no meu fundo, era preciso, na hora de chamar as palavras, untar cada uma delas, como minha mãe untara a assadeira para o bolo não grudar e sair inteiro, despregando da forma o seu todo coeso, ocultando, assim, na sua integridade, os variados ingredientes que o constituíam – mistura fina de muitas e muitas coisas, sobretudo, do tempo e da ação humana.

Era preciso untar as palavras para contar a minha – ou qualquer outra – história. Untar, *ah!*, sem garantia alguma de resultado. Untar, para amaciar a solidão. Untar, como tentativa (mesmo fadada ao malogro), de salvar do esquecimento o mundo (que ainda estava em pé) e, sobretudo, o rosto e as palavras das pessoas que eu amava – e perdi naquele ano.

CONHEÇA OUTROS LIVROS

COM ESTES CONTOS-UTENSÍLIOS, CARRASCOZA INICIA UMA NOVA AVENTURA PELAS VEREDAS DO CONTO,

depois de se consagrar como autor de narrativas breves de dimensão canônica (que reluzem na escrita solitária ou acompanhadas por fotografias), histórias curtas, mini-contos e até relatos de uma linha só. Agora, oferece ao leitor contos nos quais as palavras compostas, para além da hifenização, atuam como forças motrizes das tramas e desafiam as divisas do gênero. O engenho metafísico de alguns enredos se soma à conhecida ficção comovente do autor – lá estão os pais, os filhos, os avós, os amores perdidos, os seres humanos, enfim, arremessados com seus sonhos na sólida realidade –, sublinhando um novo traço estilístico em sua obra. *Utensílios-para-a-dor* nos mostra, assim, o quanto o conto, aberto a experimentações, é fecundo e fascinante quando encontra, como nas páginas desta obra, alta voltagem literária. Livro-surpreendente de um dos mais-líricos escritores-brasileiros-contemporâneos.

CONHEÇA OUTROS LIVROS

SE NO PRIMEIRO TOMO, O SINAL ORTOGRÁFICO ENFATIZADO ERA O HÍFEN,

· · · · · · ·

que, uma vez unindo as palavras no espaço nuclear das histórias, criava efeitos de sentido inéditos nas tramas, agora nestes contos-cicatrizes os dois pontos ganham protagonismo: explorados de maneiras distintas, alteram em grau e substância o caminho dos enredos, o encontro entre os personagens e o desfecho dos relatos, às vezes em forma de cenas cotidianas, às vezes assumindo desenhos de um ideário afetivo, com marcas e divisas profundas.

Os temas e o estilo que consagraram o autor se aprofundam aqui e apresentam outras nuanças, capazes de criar, igualmente, para o nosso encanto, novas interpretações e surpresas literárias. Temos, pois, uma correnteza de narrativas curtas, alargadas por dois pontos, suas margens: rio. E todas, no conjunto, deságuam numa grande e desconcertante obra, de bordas indefinidas: mar.

Todas as imagens são meramente ilustrativas.

Este livro foi impresso nas oficinas gráficas da Editora Vozes Ltda.,
Rua Frei Luís, 100 – Petrópolis, RJ.